李凤群

著

长夜伙伴

LONG
NIGHT
COMPANION

天津出版传媒集团
百花文艺出版社

图书在版编目（CIP）数据

长夜伙伴 / 李凤群著. -- 天津：百花文艺出版社，
2025. 1. -- ISBN 978-7-5306-8989-9

Ⅰ. I247.7

中国国家版本馆 CIP 数据核字第 2024KT9303 号

长夜伙伴
CHANGYE HUOBAN
李凤群 著

出 版 人：薛印胜
选题策划：汪惠仁　韩新枝
责任编辑：刘升盈　美术编辑：郭亚红
出版发行：百花文艺出版社
地址：天津市和平区西康路 35 号　邮编：300051
电话传真：+86-22-23332651（发行部）
　　　　　+86-22-23332656（总编室）
　　　　　+86-22-23332478（邮购部）

网址：http://www.baihuawenyi.com
印刷：天津新华印务有限公司
开本：880 毫米×1230 毫米　1/32
字数：140 千字
印张：7.75
版次：2025 年 1 月第 1 版
印次：2025 年 1 月第 1 次印刷
定价：49.00 元

如有印装质量问题，请与天津新华印务有限公司联系调换
地址：天津东丽开发区五经路 23 号
电话：(022)58160306
邮编：300300

目 录

路

一

那个瘦瘦的少年紧绷着脸从小区门口出来，瞟了一眼这辆丰田车的车牌后，气鼓鼓地拉开车门。怕司机看不见自己甩的脸色，猛地把自己和一个耐克双肩包往车里一掼，又"砰"的一声大力关上车门。

收音机正在播报雨季注意事项：

要避免在低洼地带、山体滑坡危险区域行车。

如果不小心走过低洼积水路段，车辆无法行驶，突然熄火，千万不要强行启动车辆……

"收音机关掉！"屁股落定的同时，少年的声音跟着进来，他粗暴地命令，声高气躁，眼皮都懒得抬一下。

司机伸出手一扭，关于暴雨的声音戛然而止。

刚刚下过一场雨,另一场正在蓄势待发,潮湿又黏稠的梅雨天,街上没多少行人。没等司机开口打个招呼,少年的手机就响了。手机铃是剑与剑撞出火花的声音。

"上了。"他没好气地对着手机喊:"睡过头了不行啊?"

停顿了一会儿,他冷不丁提高音量又是一声怒吼:"为什么不让老子坐高铁?"

电话里有声音在叽里哇啦地解释。少年掐断电话的时候,那声音像被锅盖一下扣住似的。

少年可以看到司机左胳膊支在开着的车窗上。这司机平头,身矮体窄,侧脸瘦而无肉,椅背显得阔大。待少年吼完,掐掉电话,司机动了动身子,开始发动汽车,他皱巴巴的棉 T 恤蹭在座椅上,摩擦出闷闷的声音。

少年的声音再次吼出来:"空调呢?"

司机保持着最初的沉默,关上车窗,打开空调。他动作的时候呼气声很轻,好像少年上车的架势使他的呼吸变得更轻了似的。

拐过民生路路口时,突然天空炸裂,风雨大作。街上的行人,立刻作鸟兽散,支在药店门口的广告牌,翻滚着扑向隔壁面包店。不知道什么人勇敢地扑过来,还没够到广告牌一角,一阵风吹来,广告牌腾地扭转着到了另一家店门前。那个勇敢的人被风牵扯着,摇摇晃晃地追着牌子跑,再一次笨拙地一扑,这次用力过猛,几乎全身压住广告牌,好像那是个无价之宝似的。车子驶过他身边,车里的人看清了他大惊失色的脸，好像风把他灌晕了。车子开过很远，少年还是从车窗里看到他待在那里，狂风把他的衣服掀起来，雨点打在他裸露的背上。

"呆逼。"像是此人的表现损害了他的利益似的，少年悻悻地骂了一句。

天更闷了，前方施工路段放着红色的雪糕筒，雪糕筒就是做做样子，照样有汽车绕过它一直往前。自行车也等不及，躲躲闪闪地在喧闹的货车和小汽车之间穿行。淋过雨水的车轮闪闪发光。

看到内环高架桥时，少年突然用不同于他自己的声音说："老金，做个交易。"

司机不吭声。

"你在前面把我放下来，我自己坐高铁去我奶奶家，我到时就说是你送的。车费不少你，而且我还另给你二百，怎么样？"

司机不吭声。

"三百。"

司机没有吭声。

"五百。"少年气急败坏地喊，嘴巴已经贴到了司机的耳朵边。

绿灯亮起来，司机一脚油门，那孩子被惯性弹回到座椅上。

从福竹公寓到普济圩农场实打实也要六个半小时车程,赶上梅雨季的暴风雨,路上到处有坑洼和积水,从民生路开到高速收费口就已经整整耗掉一个钟头。刚过收费站,路上又堵了。方方正正的厢式货车,跟双层巴士一样高的旅游大巴,盖着防雨布的卡车,还有越野车和七座小轿车等等,每辆车都急不可耐地紧紧咬合在一起,密密麻麻挤成一团,一指宽的缝隙都不放过。

　　"老金,你能不能从应急车道过去? 在这种破车里坐六个钟头,我的腰都会断的。"少年盯住应急车道。别的车都噌噌地开过去,他早就急躁得不行了。

　　老金不吭声。老金的表情很淡漠。车海好像是他的阵地,他倒很享受。

　　"你不能机灵点吗? 我的手机只剩一格电,你的破车上连个苹果数据线都没有啊?"少年气急败坏地叫道。他的屁股在车垫上摩擦,像有什么地方瘙痒难耐。

　　离始发地还这么近, 牢骚已经把车子里的空气撑得更稀薄了。

　　"你旁边的塑料袋里有零食和可乐,你吃吃饼干垫一垫。"司机的声音比他的背影看上去要更干巴、更软弱,经过他的口,食物也好像变得干巴巴的。少年嫌弃地皱了下眉头,看都没看一眼身边的食品袋。风在车窗外咆哮的势头很猛,前方的天空云团翻滚,像随意倒在画布上的颜料没有和均匀。

"我要投诉。"

司机回头看了少年一眼，像要正式认识一下自己的乘客，之前，他们甚至都没有相互介绍。

少年眉眼清秀，皮肤像女孩一样白皙，他留着像明星一样怪怪的发型，纤细的手腕上戴着一只时髦的运动型手表，但他的眼睛可不友善，就那么斜着往下看。对于扫到他脸上的目光，他做出了不能忍受的表情："看个屁，嫌老子话多，你停车啊，你罢工啊！"

司机不吭声，他一心专注于雨水。才刚过下午两点，可是天看起来已经是黄昏。水花弥漫到四周的窗户上，雨刷器根本忙不过来。发动机发出嘶嘶的叫声，远处应急车道上一辆汽车抛锚。雾气迅速弥漫，汽车艰难地穿过一条隧道，出来的时候，一侧是悬崖，另一侧是田野，一排排湿漉漉的长条玉米叶上挂着米粒一样的雨点，挂穗的麦苗像波浪不断地翻滚起伏。远处的房子透过雨幕也似乎变得歪歪斜斜。光线比刚才还要暗。水花一阵阵溅进空中，又消失在路面。

车到浙江境内，雨下得比上海还大，路上的车流量明显减少，汽车溅起的水花远远高过视野。眼前变得模糊不清，就好像不是隔着一块玻璃而是隔着一片浆糊。悬挂在后视镜上的红色中国结摇晃得厉害。

突然司机点踩刹车，车速开始下降。

"又没个鸟人，慢什么慢？"那孩子把自己的声音当成车的一部分了。

司机继续放缓车速:"情况不明,要是开到沟里去,到时连命都没有了。"

"怕了?那我们就回头。"少年开始使用激将法。

"我的任务是把你送到你奶奶家。"

"你的任务是拿到我爸的钱。"

司机不吭声。滑溜溜的路面,除了隐隐约约向身边滑过的白色虚线,能见度几乎为零。一切都浸泡在剑锋一样的雨柱中了。方向盘在司机的手心里震动,车头一会儿像要偏左,撞上护栏,一会儿又斜到右边。司机手背上的青筋暴突,好像这场战斗要使出全身的力气。

"可是我憋死了,"少年哼哼着,"我爸爸让你六个小时不让我上厕所吗?"他凑向前推了一下司机的胳膊。

司机没有吱声。

下午三点多,司机慢慢驶离主道,开上路肩,拐一个弯,到了东亭服务区的岔道,岔道很陡,司机再一打方向盘,笔直的峭壁近在眼前,车道旁边是大块的砟石。

有没有哪个倒霉家伙被砸死过?

司机把车停在服务区的超市门口,他告诉少年:"左边是洗手间,你上过厕所可以到超市买你喜欢吃的东西。"

等加完油把车开回来,他透过玻璃窗,清楚地看到少年站在超市入口的一排水果摊前。里面的人不少,可是每个人都心不在焉，根本没注意到这孩子像根刺一样杵在那里。少顷，这家伙似乎来了一点兴致。他抻了抻脖子，把手伸向面前的水果。他挨个捏着桃子、猕猴桃，像个检查员一样专注地挑选水果。一个顾客指了指货架上的香烟，趁着服务员转过身去为顾客拿烟，这孩子大大方方地伸出五指，瞬间夹住一个杧果裹进背包和衣袖之间，还在原地停顿一会儿，等服务员把烟递到顾客手上，才若无其事地出了门。他仰起头看天，雨点清晰地落到脸上。意识到司机在观望他，他无所谓地挤挤眼，一甩手，把杧果抛向空中，接住，再抛，又接住了。第三次，他举起小臂，把杧果对准立在台阶旁边的不锈钢垃圾桶，狠狠砸去。杧果砸在不锈钢支架上，发出一声巨响。现在，杧果变成一摊金色的垃圾。少年看了一眼，耸耸肩，又回头看了一眼水果超市，没人出来。在雨的声势之下，一切声音都不被重视，他回头看了看，悻悻地走向汽车。

汽车默默地在阴森潮湿的路面移动，驶向一座桥面的时候，可以看见像黑洞一样的桥底，乌黑的河水像墨汁一样向岸边晕染。一辆蓝色的大型客车从超车道呼啸而过，车轮溅起的水花笔直地伸向空中，一声嘶吼，又啪啪砸落到路面上。

车子越大，开过去的动静越大。

司机抻长脖子察看道路，他注意到路中心有一个水坑，坑边淤泥积塞，坑里的水混浊，目测不出深浅，眼看就要到跟前了,他轻打方向盘,擦着坑过去。

车子离开了开阔的平原,向山边驶去,渐入湿雾中。

两辆车撞击在一起的车祸现场赫然出现在眼前。一辆面包车的车头完全嵌入到一辆中型卡车的底部,道路中间是汽车的碎片和车里散落的物品,应急车道上站着两个神色慌张的人在打电话。无法断定是否有人伤亡。

"死人啦?死人在哪儿?咋没死人?真怪了,被大卡车这么干上去。"那孩子频频回头,怒火像解开绳子的狗,一个劲地蹿,可是它也并不知道要去哪里,就那么乱撞。

二

司机打开收音机:

"驾车行驶在立交桥下或积水路面,首先要查勘积水深度,或者先观察前车是否能安全通过。若水深超过车辆排气筒,切不可着急驶过。如果此时车辆已在水中,应降低车速缓慢行驶,不要熄火或者停车,等驶出水面后,先确定刹车有效,再继续行车,如果在水中突然熄火,切不可再启动车辆。"

司机把车开下路肩,慢慢停在一个看似废弃不用的加油站前。

"怎么,又不走了?没本事接什么单啊,高铁才不会向这屁大的雨认尿。"

少年坐正身体,摆出开战的架势,他深谙如何把人激怒之道。

突然,车子摇晃了几下,司机一脚油门,车子冲出加油站回到主路上,继续向前一百米,突然一个急刹车停在了应急车道上。

"我不是老金。"他开口了,这声音冷酷得完全不像刚刚那逆来顺受的声音。

"我爸说你叫老金。"

"老金的单子转包给我了。我现在想往哪儿开就往哪儿开。"

少年思考了片刻,冷不丁用一只手揪住了司机的 T恤。司机的余光看到了什么东西一闪,少年的另一只手上有什么东西抵在司机的耳后。他稚嫩的声音可用力了,都喊破音了:"快开,别他妈磨蹭!"

司机把握着方向盘的手伸伸直,想做一个耸肩的动作,可是脖子被 T恤的前领给勒住了。

他转过头来。这回,这少年才算是看清司机的真面目:整张脸瘦而阴沉,眉心的川字纹又长又深,像是把这个字贴在一块水泥模板上面,他的眼皮和眼袋都凸出来,眼角有许多细缝向外扩散,使他的脸看上去很重,但他的面颊像用一把小刀笔直地削下去似的,两条像括弧一样的法令纹绳子一样裹住了他的嘴。这张脸上的表情,像是被什么东西硬生生扯走了似的。

"你要是再乱喊乱叫，我就把你拉到斗鸡场。听说过吗？小流氓在那里赌架，从早打到晚，打死算输，被装进大货车用石子水泥浇铸，过一百年家里人都找不到，到了晚上还能活下来的，赢一辆像这样的汽车。"

少年的瞳孔放大，意识到这只是口头上的威胁，可这张脸已经让他不寒而栗。

"我还可以把你拉到打沙船上去，过了江就到。黑心老板坐在船头看着你从早干到晚，等到你身上的肉被他榨干后，他把你扔在江滩上，警察找到你的时候，你饿得皮包骨头，他的船已经跑得无影无踪了。"

一丝夸张的冷笑及时挂在少年嘴角，这可不是认怂的时机。

"喊，你敢，你晚上不把我送到我奶奶家，我爸就会报警，你插翅难逃。"

"这会儿你倒想起你爸了。你昨天不是要搞死他老婆吗？你昨天不是还想拿板凳砸死那个后妈吗？对了，前天，你不是把那三岁的小孩往浴缸里闷，想让他淹死吗？"

"搞死那女的，还有那个小狗东西！"这孩子的怒气像被燃起来了，"她霸占我的家，让我去我奶奶家过暑假，他还要带着人家的小孩去国外度假。搞死他们怎么了！你有意见啊，想两肋插刀？"那孩子咆哮着，唾沫喷到了司机的脸上。

"你搞不死任何人，除了你自己。"

前方一排钢管立柱伸向天空，上面张贴着醒目的广告：故作正经的香烟广告、名人坐镇的楼盘开盘、手机供应商、银行新业务、新款豪车……还有一个广告牌上是一组针织地毯图案，单看，都是好产品，可一股脑儿挤在一起，远看，就是一团糨糊扑面而来。

"你比我想的更难缠。"司机说。

"喊。"少年把身子往前探了探，手上的硬物在暗暗发力，"快开，不要耍花样，快。"

话音刚落，他的手腕已经被司机反手扣住。司机头也没回，双手从座椅间向后伸出去，少年的两只手腕动弹不得，从指间滑下去的是一把不锈钢叉子。

一辆大客车从旁边飞快驶过，一声喇叭，刺破了雾蒙蒙的沉默。雨点击打车身，发出钢镚掷地的声响。

"从现在开始，坐好，管好你的情绪，不然，你得领教我的厉害了。"司机甩开少年的手，少年一个歪斜，倒在座位上。

"就在这辆车上，我一拳干晕过一个醉鬼，他吭都没吭一声。他本来跟你一样粗鲁，就在刚才，你的粗鲁超过他了。"

少年捏着自己的手腕，鼻子里粗气直喘，像在积蓄新力。

司机没有给他撒野的机会："我都看到你怎么死的了。离这里不到十公里有一个县城，离你奶奶家也就五十公里,可惜你赶不到那里了。"

少年说:"就你?"这个还没有从手腕的剧痛之中缓过来的少年,显然不甘心放过反击的时机,可是过了半分钟才冒出这么一句话来,声音还抖动得厉害,疼痛可能还在持续。

"你打算怎么干?"他继续追问。

"我什么也不用干,我把你扔到街边,你自己可能还正高兴呢,反正你也不想去农场你奶奶家。你一肚子火,又不敢朝我发,就在街上随随便便找一个看上去很厌的人发泄。县城里有个县医院,门口有人举个牌子在向人要钱,他的儿子得了白血病,他父亲才刚刚过世,他老婆也顶不住了,倒在医院走廊上,他只好出来要钱。你,走过去问他,为什么骗人?他说他没有骗人。你说,你真的有儿子得了白血病吗?他说真的。你说,来,把证据举起来拍一下。你不就喜欢这么干吗?你不是趁你老子不在家,叫你后妈拿出爱你老子的证据吗?你后妈不是拿不出来被你一巴掌扇倒在地上吗?你那个小弟弟,不是也在你眼前晃来晃去让你瞧着不顺眼,被你往浴缸里摁吗?这街上的乞丐,幸好把病历带在身上了,看上去他比你后妈走运。他把孩子的病历和化验单举起来给你拍。你看都不看一眼就直接说是假的,花几毛钱就能搞到这几张纸。他倒宁愿是假的,他倒宁愿自己是骗子。他不光是对你说,他还对着手机说。对,你那手机整天不离手,你在拍视频。他跟你解释,你不听,你就在那里喊,瞧这个骗子,瞧这个骗子,瞧这个骗子。你在他身上这里摸摸那里捏捏,还说他没准儿明天就绑起一条腿坐到另一条巷子去装瘸子。你还叫他下跪,向网友道歉。他百口莫辩,只好拿出手机,想给他孩子的医生打个电话给他证明一下。你一把夺过他的手机,说要饭的凭什么还用手机。他早上出门的时候还哭了一场,哭他怎么这么倒霉,可是一转眼的工夫,整个街上的人都在看他的笑话,说他是个骗子。你还一个劲地嚷,把附近的人全招来看热闹……你就喜欢这么干,你上个星期在地铁里过安检的时候还把一个人的行李顺下来挂在扶梯上,让那人把头钻进传送带找行李,差点让警察铐起来,你自己录的小视频发在朋友圈你还记得不?"

像是自己的生活被别人扒开了一条缝,那少年的脸涨得跟熟过头的桃子一样。

"你在县城里,跟在上海一个样。你还招呼一帮同学过来玩。那些同学跟你一个德性,也可以说,他们乐意看你的笑话,一个劲地叫你扒他的皮。你看到有人围观起哄,就更觉得自己了不起,不知道谁递给你一把水果刀,你就一手拿着手机,一手拿着刀,往那可怜的人脸上比画……那人就躲,可身前身后全是人的腿,往哪儿躲呀?他就那么任人拿着刀在脸上比画,一会儿,他的脸上就出现了好几道口子。你越来越兴奋,越来越冲动,可怜的人都已经要晕过去了,你还在边比画边摆姿势让人拍照。"

司机回过头来直视着少年的眼睛:"你以为谁都知道其实你是个没脑子的蠢蛋吗?你当谁都能给吓唬半天还能保持理智吗?你不知道人被逼到墙角会红眼睛吗?你又怎么知道人家的父亲刚刚去世,儿子又得了癌症生死不明,你自己往死路上走怪谁啊!"

好像有军棍要敲下来,这孩子情不自禁地缩了下脖子。司机直瞪着他,发出了一声冷笑。现在轮到他的唾沫溅到少年的脸上。这孩子突然意识到,这人透支了那么多的耐性,已经累得精疲力竭了,可他好像还留着力气等着一拳砸下来。这时的倾盆暴雨里,汽车外边的雨点砸进来,发出"砰砰"的声音,像是在给他助威,鼓励他加把劲。现在,轮到这孩子心里发毛了。

"人家被你逼得发了疯,抢过你的刀往你身上戳了几个洞。你猜一猜后来怎么样了?"

"缩什么缩,"司机说,"怕了?刚才那狠样呢?就你这种豆芽菜一样的瘦货,自己几斤几两心里没点数吗?你顶多是个欺软怕硬的小公鸡。你再喊一声,你试试?来,让我听听!"

捏着还生疼的手腕,少年把脸侧到一边:"杀人偿命,谁敢?"

"偿你的命,蠢东西,人家那是正当防卫。你被戳了几个洞还不好意思吱声,自己走到一边倒在角落里就那么不清不楚地死了。"

"我爸不会放过他。"这也是过了一刻钟后,这孩子才哑着嗓子半张开嘴斗胆说出的一句。

"你老子倒是想替你喊冤,可是网上全是你拿着刀往别人脸上戳的小视频。他能怎么着?他哑口无言!"

说这话的时候,他一拳砸到方向盘上,一声尖刺的喇叭声突兀响起,少年吓得从座位上弹了起来。这可是一路上这辆车第一次发出叫唤。

三

雨不知不觉小了许多,可是风声凄厉,黑暗翻卷过来,缠绕着汽车,渐渐只留下这两人彼此的面目。下了高速,路况更差,石子硌着轮胎咔咔作响,路面在灯光的映照下像刷了一层油。周边的车子都脏兮兮的,廉价的面包车、露出铁皮的货车,甚至还有摩托车和电动车在路上,骑车人裹在呼呼作响的雨衣里。

这样子他很容易跌倒,其实他身上已经湿了,要么不走,要么把脸露出来。少年盯着那个骑车人出了神。风雨里的骑车人,黑天里的危险路面,专注的侧影,微微前倾的背,看上去人们都精疲力尽。

"他有自己的主意。"司机简洁地说完,把他红色的大手摊开,又放回方向盘上,好像是为刚才的怒斥道歉。他长着一双跟他身材比例不符的大手,粗壮,有力,手背上有疤痕。

少年用舌头舔了舔自己的嘴唇，他开始感觉有那么一点尴尬。这感觉可不熟悉，有点不对劲。

"然后，"司机好像没话找话似的，"再有十一公里到一分场，雨下成这样，不知道那条窄水泥路有没有被冲掉。导航指望不上，地图上那条线，就是做做样子的。"

后座上没有动静。

"耐心一点，什么事都得耐心一点才好。"

那孩子还是没吭声。

这之后很长时间，车里一片安静，少年竟然沉沉地睡着了。少年不是仰着或者躺着，而是向前伏撑着，头顶着驾驶员的座椅。

小孩做了一个梦，梦见有个人拿把刀捅过来，就像延续刚才司机的话。他躺在一个绿色的垃圾桶背面，看到巷子上方有一条雾罩的窄天。

他死的时候，倒在地上的最后一刻，他瞧见的是他以前瞧不见的东西——那巷子里的石砖竟然会膨胀，一直胀大一直胀大，直到把整个眼眶塞满，然后又突然开始变形。他慢慢转过脸，巷子顶上的瓦也在旋转，好像要对着他的脸砸下来似的。他闭上眼，再睁开的时候，垃圾桶在晃动。不知过了多久，似乎有千万条腿在拖着他远离，他只能看到行人的腿，各种各样的腿，粗的、细的，紧身裤的，短裙的，都在向他走来，要踩到他似的，但终究拐向一旁，渐渐远离。他想呼喊，可是发不出声音，就连眨眨眼好像都做不到,眼前像是飘浮着木屑。他看着自己往下坠,往下坠,于是扒拉着,扒拉着,终于,他扒拉到一块什么东西,一把攥在手里,发出一声惊呼。他醒了过来。

司机回头瞧他一眼,似乎在说,你也知道害怕啊!

"我爸净找我麻烦。"孩子吸着鼻子,发出轻轻的抽泣声。

"你爸不希望你闯祸。"

"你听他胡说!那女人就是个害人精,她别的都不会,就会拿甜言蜜语哄我爸,找我麻烦,哄我爸带她跟她儿子到处游山玩水。"这会儿他的口气像个女孩似的。看司机不吭声,他继续说:"你说我妈倒霉不倒霉,好好的家被人霸占,她自己只能住我姥姥家,一天到晚受我舅妈的气……难道就由着那女人霸占我家?不行!"他的喉咙被堵住了。

汽车开进一个桥洞。桥洞的路坑洼不平,车子颠簸得厉害,刚刚的山影和田地都消失不见了,前后左右一辆汽车都没有,蒙蒙浓雾之中,只听见水泥两壁呼啸的回音,汽车仿佛往黑暗的深处开去……

"过一会儿就没那么黑了……"果然,不一会儿,汽车平稳起来,天和地重新出现在眼前。

天一露出来,司机就闭了嘴,好像他对语言发自肺腑地厌恶。

"我觉得我们今晚到不了普济圩了。"意识到气氛有点古怪,少年岔开话题,不停地朝窗外看,外面的路一点也看不清了。他疑心这不是去奶奶家的必经之路。他心里没底，又不想让人觉得他在任人摆布。

"不，"司机说，"我们要赶回去，只要雨小一点。"他看了看少年。少年又装出一副无所谓的样子，摆弄着完全没有电的手机，把它在手上抛过来一下又抛过去一下。在少年偷偷睥睨的间隙，他发现了司机跟刚才不一样的模样：头发贴在额头，有些脏，像是淌了整整一下午的汗，透支过度似的。

八点钟刚过，他们驶过了最后一个拐角。在一座水泥房子旁边的铺着沥青的停车场前，道路中断了。周围房屋低矮，像是一片田野。

村口一根细细的电线杆，路灯的灯光很弱，一把黑伞撑在那里。车子慢慢靠近伞边，司机摇下车窗。伞下探过来一张苍老的脸，她的银白色头发在脑后扎成一束，她的脸上忧虑重重，一看到司机，立刻眉头舒展，笑着打招呼："老金，你到啦！"

少年已经从另一侧推开车门，面无表情地看着奶奶。

"今天的雨下得跟打仗一样，不过我不担心你。老金，饭菜现成的，吃了再走？"

"不了。"老金回头看了看车座位，轻轻打了把方向盘，车子慢慢滑动，开走了。少年跟在奶奶身后。四下里静悄悄的，只有风在树梢磨砺，雾气在侵蚀。

"他不是老金，"少年瓮声瓮气地说，"他不是好人。"

"我认识老金都四十年了，"奶奶说，"他家就住在五分场。"

汽车的尾灯都看不见了，少年仍然不肯转过他的头："你瞧瞧他那样子。"

"老金是好人。不要看脸，他不笑，是因为他心里苦。"像是对他俩在路上干了一仗了然于心似的，奶奶什么也没问。

少年想跟她说说家里的事：后妈，后妈带来的儿子，挑拨父子感情，父亲的巴掌，如此等等。他又有上火的感觉了。

奶奶回头瞅了他一眼，眼光在他脸上停了一会儿，像在抚摸他的饥饿和疲倦，然后，她轻声说："孩子，不要看表面，人比你想象的善。"

"不是说相由心生吗？"

"那你这会儿的样子看着也够呛呢！"她笑了一下，又收住，明明开孙子的玩笑又不想让他觉得是玩笑的样子。她岔开话题："他要赶回去陪女儿。我不留他吃饭，是因为我知道他想快点赶回去看女儿。"

"他女儿多大了？"

"一岁了。"奶奶说。他看到奶奶家的房子了，门前挂着雨滴的晒衣杆，还是前年看到的那支竹竿，他熟悉那支竹竿上的纹理。奶奶家的大门，也是油漆斑驳，上面还有他用圆珠笔的涂鸦。

她抖了抖伞上的雨珠,推开了亮着灯光的门,让孩子进去。

　　房间小小的,里面摆着一张四方桌和两条木头长凳,墙上挂着一个大大的相框,里面有少年小时候的光头照,还有他父母还恩爱时相拥在油菜花地里的照片。一只温暖的灯泡吊在屋梁上轻轻晃荡,可口的饭菜,奶奶温暖的怀抱,他熟悉这一切胜过熟悉他现在的生活。

　　从房间窗户望去,可以看到邻居家的灯光,以及他家门前滴水坡上用煤渣填的人行道。以前这个房子是青砖简易房,现在变成两层洋楼,墙上贴着乳白色瓷砖,他曾经在那里和邻居家的孩子玩过游戏,也打过架,后来和好了。

　　一种空间和时间的错觉,让少年感到一阵眩晕。

　　"他这个年纪,小孩才一岁,是太小了点。"奶奶还在轻声说着话,"大的要是不出事,他也不会再要这个。"

　　"他那大孩子长得很讨喜,就是缺管教,遇事莽撞,不知为了什么事,在街上跟人闹起来,被人刺了一刀。他不占理,也没吭声,他可能觉得不好意思喊疼。"奶奶自顾自说着,不管孙子在不在听,她都要说出来。她的话语像柱子上系的缎带那样飘出来,却不容插嘴和打断。"我没见着,但是他们说暴风雨中他像一把大摇椅那样前后摇晃着走到一条巷子里,倒在地上。他蜷缩在那里,又不露出脸,让人看了害怕。没人知道是怎么回事,经过他身边,都躲得远远的。他也没喊救命。等倒垃圾的发现不对劲,把他送到医院的时候,血都流干了。我到现在还能听到他妈在清明冬至哭他的声音,那声音我这辈子都忘不掉。"

可是,从这里离开之后,好像一切都变了。他和爸爸妈妈一起去公园划船,在小船上,妈妈拿水往爸爸的脸上泼,他都笑得透不过气来,可是爸爸一脸茫然——可能从那时起,爸爸的心就不在妈妈身上了。也是在这里,奶奶打了爸爸——她威风凛凛,说保证会帮妈妈讨公道,威胁爸爸说要离婚就不准他回老家,她让人觉得可以依靠。

可过年时她又当着妈妈的面改口,说:"有些事,当时就懂;有些事,老了也不懂,再想一想……"他和妈妈都像被抛弃了第二回,妈妈因此一直很憋屈,连带他也不太想来了。

"大的出事快两年了,他总算能说几句话了。想想当时,他把手上的买卖放下回来葬他的儿子,那真是雷打在心上啊!他听了来龙去脉,一句也没有责怪别人,一句大话都没有说过。"

房子被包裹在风眼里。呼啦一声,又呼啦一声,像有什么东西撞在窗户上,劲道听着大,可是奶奶站在跟前,这风也不像白天那么让人发怵了。

"老金一分钱也没要人家赔。他还到医院去看了人家生病的孩子,那人没坐牢,上面说是正当防卫。"

墙上有窝旧年的蜂巢,由于年深日久,风吹雨淋,已经残缺不全,或许还有留守的黄蜂缩在暗处注视着这阴沉沉的天气。

"让老金把眼珠子抠出来,把身上的肉割下来,把里里外外七七八八全拿出来换他儿子,他也肯。可惜,只是妄想。"

少年望着黑漆漆的夜空,心里在翻滚,面上却显得有点呆萌,白天那种蛮横的痕迹在悄悄隐退。

"不要怕,"奶奶说,"每年都有这样的雨季。明天太阳出来,你去找你的好朋友们玩。他们都还记得你。"桌子上已经摆好了他小时候最爱吃的冬瓜炖排骨,香味刺激了少年的味蕾,他这才想起自己其实已经整整一天没好好吃饭了。

乡村的夜,摆脱了汽车的轰鸣和人群的涌动,单调、深沉、恬静,屋檐滴下水珠,窗外有不知名的小动物的低语声。少年侧过身睡着了,耳边闪着湿漉漉的光泽。奶奶俯下身看着他,也不知过了多久,他回身仰卧。少年的脸静如晨光,雾气尚未完全消散,青春的轮廓正在渐渐清晰。

坝 上

　　开了年,唐松源整整七十四岁了,如果不是因为春节那个回乡的年轻人偶然尝到他的煎饼,并且把他的信息发到网上,关于他的姓名和年龄,知者甚寥。正月初五的傍晚,这个在上海打拼的年轻人,临时起意,到节制闸口来寻找童年的印记,他东走走,西逛逛,并用手机拍拍乡村风景。在闸口的水泥墩边,他遇到了一个煎饼摊。一桶面粉、一筐鸡蛋、一碟香菜、一瓶香油、一盘芝麻酱、一把木铲、一只煤气炉、一辆脚踏小三轮,以及包裹得严严实实的主人静静地伫立在节制闸口。看到有客来,老人起身搓搓手,开始倒油做煎饼。年轻人尝了一口,直喊"童年味道",他举起自拍杆,直播老人制作煎饼以及他本人品尝的全过程。就这样不经意地,这个年轻人用手机把寂寞安详的"闸口老汉"送上了全国数亿用户的某音热门。

　　小视频的传播速度简直难以估算,一个粉丝数只有三五千的小 V，他无意的一次拍摄和记录起到了意想不到的效果。仅仅两三天，从异地返乡的节制闸附近的年轻人蜂拥而至，他们把这里当成"打卡地"。拍摄技术高超的人，从各个角度展示：侧扫、俯拍、仰角……渐渐地，这座古老的、早就被弃不用的节制闸，因其陈年无用、水泥斑驳带来的年代感和历史感，反而被镜头拍出了新鲜感和时髦感。拍完照，人们也想来一个煎饼尝尝。摊子周围的人气陡增。到了正月十五，简陋的节制闸附近被大大小小的各种车辆堵住了，人们自觉地排起了长龙。这样的傍晚时刻，经过的汽车停下来，摩托车停下来，自行车也停下来，他们不约而同地走到老人的煎饼摊边，花两块五毛钱买一个热乎乎的鸡蛋煎饼，沐浴着暖洋洋的春日阳光，站在堤坝上三五口吃掉，顺便欣赏堤坝下面安详的青草地和江水，何其自在。

直到最后一枚鸡蛋用完，老人收拾好摊子，车轮滑动的声音响起来，人群才渐渐散去。

小视频拍摄者返回了上海，可是那些被闸口老汉吊起胃口的粉丝兴趣不减：这位老人有没有八十岁？为何大过年的摆摊？生活无保障？儿女不孝敬？有什么难言之隐？为了流量和情怀的年轻人不得不再次返回故乡寻找谜底。排长龙的热度在假期结束，打工人返城后已经全部消散，又下了一场雪，眼前长江里龟速的货轮，迷雾里单调的江岸，微微起皱的水面，草地、松枝、屋顶上缓慢融化的残雪，寂寥的瘠地上伫立的那个背影更加惹人爱怜。唐松源老人高个子,背有点驼,灰色的毛领羽绒帽裹住半个脑袋,脑门光秃秃的,他靠在水泥桥墩上,对于突然增多又突然消失的客人,竟无惘怅之意,甚至几乎可以说完全无所谓。"老人家,对我们的观众说几句吧!"闸口老汉置若罔闻。"闸口老人对名利不感兴趣,完全置之不理。"年轻人用普通话一本正经地给画面配音。他还发现,闸口老人和面的动作十分教条,左十下,右十下。有人干扰的情况下多揉了一下,老人又重新开始计数:左十下,右十下。闸口老汉有强迫症嘛!这条新闻又到大城市遛了一弯儿。

"说说吧,老人家,缺钱吗?您的孩子们不赡养您吗?"年轻人问完,煞有介事地等着。老人嘴角轻微咧了咧,算是回答。现在,扫兴的是这个年轻人了。天色渐晚,老人家收拾起摊子,摇晃着骑上三轮车离去了。

手机镜头里,他的车轮子很稳,但不快,不是因为他老,纯粹因为不赶时间。年轻人想从他的背影里得到些能让粉丝满意的重要信息,反反复复回放,真没有。镜头里的脸,苍老,但不凄凉;他的眼神略有些浑浊,但不悲伤;他的背影也有点勾下去,但车斗里的物品很稳,像是他身体的一部分,粘在一起,难以掰开。总之,单靠他的模样,把他放到吵吵闹闹、真真假假的网络里,恐难大做文章。年轻人硬着头皮把材料剪接拼贴后发到网上,果然点击量极低,辜负了那么多眼巴巴等着大剧情的粉丝。

"为什么卖煎饼呀?"年轻人临走时最后一次对着逐渐

消失的背影不死心地大喊一声。

"我高兴啊！"

他的声音很细、很温柔，跟他的身板完全不搭，同时，他搓了搓手，眼睛调皮地眨了好几下。

缺乏耐心的年轻人没有捕捉到这一幕，他的汽车已经瞬间离开了闸口。

冬天是修水利的好时机。

这是唐松源十二岁就凭着自己的悟性明白的道理：之所以临近冬月筑坝修堤，首先是因为冬天降雨量少，河流流量小。水利建设最好选择在枯水期，方便施工。中国绝大部分区域属于亚热带季风气候、温带大陆性气候和温带季风气候，江淮地域也均有冬季寒冷干燥的特点。第二个原因，就是春种秋收，冬季农民一般不进行农业生产活动，兴修水利对农活儿影响较小。

第一次跟父亲去坝上，是七岁，跟着父亲去卖蚕豆。父亲挑着两个布袋，出了房子，从田埂过去，经过一片芦苇荡，爬上地势高的坝上。说是坝，其实从他有记忆开始，它就是两块断垣。中间地带像掉了门牙的豁口，又像一个幽暗的洞穴，被某个发怒的妖怪一只大斧从中劈开。这个豁口因其险而显得神秘而阴森，一脚踏空，就会掉下去。大人总是会用这个地方恫吓调皮的孩子："不听话，送你到豁口去。"

现在，正走在去豁口的路上，沙土略显松软，地势陡峭而潮湿,他们小心地在灌木、野蒿和水沟间穿行。步行十多分钟,才到达往上的坡面。直到听见风在耳边飕飕地响,视野开阔起来,高处到了!他有一种莫名的躁动,仿佛要去冒险,仿佛要去见大世面。坝上仍时不时有一两个俏皮的小坑,远处堤坡上栽种着柳树,柳条摇摆。那是一个美好的夏天。站到大坝的高处,可以看见一望无垠的庄稼地,一座座屋顶,一垄垄菜地。在更远的地方,有一个集镇。人们在那里采买煤油针线,拔牙贴药膏,看戏听庐剧……

到了坝上,父亲的步子明显急促起来,蚕豆实沉,汗水很快把父亲后背的衣服洇湿了。他紧走快赶,伸出手用力把父亲身后布袋托起来,父亲踉跄了一下,慈爱地侧过脸来朝他一笑,他放了手,才知道自己这么一托让父亲失去了平衡。他像个小姑娘似的脸红了,可他的心意父亲领会到了。卖完蚕豆,父亲给他买了一双拖鞋,塑料很软,手指插在里面,击掌拍手,又能对折成小小一团,揣进口袋里。

随后几年,江水凶狠,豁口越来越大,两端用绳子牵着,中间放一只小划子,那一里多路,有时需要耗大半天。真难哪,最严重的一次,坝断水急,有经验的老船工都不敢过豁口。代销店里早没有了炒菜的盐,豁口隔绝,镇上的豆浆油条、绸缎棉袄显得更远了,每个人都忧心忡忡,甚至有时候恼恨大水没冲掉房屋,有时候他盼望大水来得更快一些。恐惧把人的心吊在嗓子口,防汛的警报不顾早晚,令时间失去规律。

十一岁,唐松源被告知要到坝上修工事。

"修好了坝出门就不用坐船了?"

"是的。"父亲肯定地说。

那是一个冬天的清晨,穿好衣服时,妈妈已经把稀饭端在桌上了。他吃了两大碗,动身时天还是灰蒙蒙的没有大亮,但他不觉得冷。

到了坝上,见到了许多熟悉的周边和同村乡邻,他们聚集在空旷的坝下,身边放着铁锹、铲子、箩筐,还有襁褓中的婴儿被蓝色花布包裹着放在避风的斜坡上。领导已经在讲话,号召大家把这断坝接上去,让它平整顺畅,自由通行,为子孙后代造福。其他人都不像他这么有兴致地听,有的还睡眼惺忪,嘴里唠唠叨叨,有的人无精打采,魂不守舍。有人的地方就有温度,天大亮时,微弱的温暖就慢慢地从阴沉的空中降临。

因为年纪还小,他的任务是从板结的河床上铲土,把排队的箩筐填满,让他们挑到坝上去,加筑,踩实。

动第一铲时,哐当一声铁铲从土地上弹了回来,懵懵懂懂的他暗暗感到吃惊,因为土地板结,宛如铁块,加上冷风凛冽,手背和手指开始僵硬。这怎么可能完成?他顿时感到沮丧,抬头看了看,没有人留意到他刚才那虎口一震引发的伤感。周围人的漠然加重了他的忧愁,他更加觉得这是不可能完成的任务,把断垣合拢起来,就靠这些嘻嘻哈哈不当回事的农民？

不知道是大自然在考验人，还是人在考验大自然。第二铲之后是第三铲，终于土地开始松动。最初的坚硬被攻克之后，地下的柔软露了出来，箩筐渐渐满了，人们把肩膀递过来，箩筐的绳索哆嗦了一下，绷直了，摇晃着远去了……大半天下来，他的手心里全是血泡。父亲早有准备，用纱布帮他缠上。"过两天就不疼了。"早上还松散的农民，这会儿脱掉棉袄，穿着单衣，火力旺的，恨不得光着膀子。黄昏来临，他们收工回家，人群渐渐从豁口朝各个方向散去，他跟随父亲向南，拐向一条蜿蜒的窄路。路的一边是种着油菜的农田，另一边是一条已经全部干涸的夹江，江底裂开一道道口子，他和父亲在这一道道口子上跨行，他的内心充满委屈，渴望很快见到母亲，摊开自己的手给她看。

穿过河床，上一个小岛，走几步，到了家。来不及展示自己的手，他扑到饭桌上，豆腐炖青菜的香气弥漫小屋，他不由自主地咽了一下口水，抓起筷子，忘了手上的水泡。

像变魔术一样，冬天的第一场雪落下来的时候，这块断壁残垣已经比秋天的时候高出两米多，算是完成了任务。虽然四十多天的时间内，发生了许多小事故，比如，有人肩膀脱了臼，有人因为偷懒遭到他人的攻击，有人迟到，有人称病早退，也有人大呼分工不公，但是，大多数人规规矩矩地执行任务，顽强地与寒冷作斗争，在过年前把堤坝的底部填实。堤坝越来越高，从河沟里翻上来的土，柔软、干净，散发出清新的气息。

此后的每一年，他都作为家庭重要成员参与堤坝水利建设，到十四岁的时候，他已经弃铲拿扁担，担子上肩，成了爬坡的主劳力，拿一整个工分。他舍得下力，绕过那些磨磨蹭蹭挡道的人，他也不与那些找各种借口歇肩的人磨嘴皮。他恨不得立刻在堤坝上健步如飞，他要自由进出，这个理念使他比他的父亲更显得老到和沉着。他的过于拔尖引来了一些人的嘲笑，他们背地里喊他"蛮牛"。那几个人蹲在一起抽烟，身边放着铲锹和棍，他想发作，又想到若是纠缠在一起，他难免会挥拳揍人，这样一来，"蛮牛"两字恐怕就会刻到他脑门上，他转过身，喉咙吞了一下……

躲避不是办法，别人反倒摸透他的性子太温柔，像个大姑娘。又有一次，一个青年听到念工分就发作了，他冷不丁举着铁锹朝唐松源砸过来，那样子似乎忍很久了。父亲吓了一跳，惊慌地朝唐松源大喊一声："小心！"唐松源顺势一个反手握住了锹柄，他真想以牙还牙，直视对方眼睛的一刻，他看到了攻击者的愤怒。"我哪里得罪你了？"他瞪着眼珠子，拳头捏得紧紧的，就那么几秒，对方的气焰落了下来。老父亲肩膀一松，放心了。

事实证明，勤劳和吃苦比拖沓偷懒更得人心，他长得快，个头蹿得猛，这增加了他的威望。唐松源十六岁的时候，成了第七组副组长，因为他不苛求别人，自己凡事率先，常常挥汗如雨，头发贴住额头，他的形象是那样令人敬畏、振奋人心。

前后七年，这条有着巨大缺口的大坝终于合拢在一起，严丝合缝，像自古以来从没断开过一样。自此，官方文件上出现"豁口大坝"四个字，概括了它的古往今来。现在，村子里的人果然可以撇开船，直接往镇里去。春天的时候，到农机站去买种子，夏天去买农药，冬天去村外走亲戚，或者看大戏。

渐渐地，"坝上"成了一个专有名词，它仅特指他们建成的那一个区域。"坝上"也成了一个象征：坝的这边是家乡，成了老地方；那边成了外面，成了可以沟通的远方。

奇怪的是，渐渐地长大，他却越来越觉得大坝不过如此，并不高，也并不宽。有一年夏天，洪水逼近门槛，政府也在用大喇叭提醒大家注意安全，庄稼已经被淹没，唯一可以玩的地方就是坝上。那里聚集着附近村庄里的青年，他们玩玩纸牌，抽抽烟，聊聊天，心情沉重地打发着受灾的时光。只有唐松源，完全没有一个遭受损失的人应该有的沉重和沮丧，相反，他的脸上亮晶晶，显得很平静。他回忆起自己挑过的每一筐泥土，脚底站着的每一个区域，都有自己夯实命运的证明。他从来没有怀疑自己筑坝的意义。

但是，真正经历了第二场洪水暴发的时候，他开始想不通了。

那是一九六四年夏天，大水以迅雷不及掩耳之势漫过了门槛，村长带上全村人连夜出逃。全村老少全部挤到他们自己修筑的那条坝上，坝成了一道防线，大坝外围的村庄没有保住的希望了,人人撤出来站在大坝上。从合拢的大坝,看到饱满的玉米穗还在不知情地随风扭动,碧绿饱满的毛豆在低处贴着土地拼命膨胀。但是,很快,它们统统被洪水淹没。在洪水泛滥的夏天,各个村庄有各个村庄的命运,但是一九六四年的夏天,唐松源坐在自己修建的大坝上目睹这一切:轰然倒塌的树木。树上有苦苦死守的松鼠,因为乱了方寸,连同大树跌进了水里。浑浊的水面上漂浮着数不清的断枝残苗,以及从被冲垮倒塌的房子里冲出来的锅碗瓢盆……灾民和坝外的人隔坝相望,不平之气在灾民之间弥漫,冬天辛辛苦苦地修坝,到头来就是保别人的平安?!目睹过水的威力,死亡的恐惧庄重地留存在记忆里。村庄损失惨重,到处是从挖开挡水的沟渠,到处是从上游冲刷下来的肮脏垃圾,那些年代久远、不牢固的土坯房,东倒西歪,随时要坍塌的样子,另外一些房子可能再也扶不起来了。没有冲走的农具也损毁了,过去辛辛苦苦积攒下来的家当都被淤泥裹住了,新的变成旧的,旧的正在腐烂。这种景象伤了多少人的心哪,多少老人无声地掉着眼泪。那次灾情过后,全村搬走了四十三户。但唐松源没有动摇。他的房子奇迹般地保住了,清理掉淤泥,门槛露出来,发霉的橱柜一天天被太阳暴晒。内围的庄稼几乎全死光了,但是门前的一株枣树,顽强地活了下来,这会儿,炙热的太阳正把它烧得有点儿焦枯,可是,谁都看得出,它已经挺过来了。不久,道路板实,土地恢复生机,就像被铁锤砸倒的人，终于还是慢慢地站了起来。

有一天，唐松源跟队长并肩去上工，冷不丁地，他开口了。这个问题他想了很久，没有想明白："为什么我们年年出人出力，可是挡水坝没有建在我们村子前面？"

这个问题，一定有许多人问起，可是没人像他这么礼貌客气，否则队长不会亲切地蹲下来，还递根烟给他，耐心地对他说："在哪里筑坝，这是科学，不是感情。我们村的堤坝地基不牢，就算加高筑厚，到头来也不一定管事。小唐，你是聪明人，你能想得通。"

二十二岁，唐松源结婚。他和妻子是上一个冬天在坝上共事时认识的，他们一个手铲，一个肩挑，完美地配合了一整个冬天。妻子叫布兰，是个壮实而腼腆的姑娘，加上也是替生病的父亲挣工分，因此被人戏称成"木兰"。布兰跟唐松源一样，舍得下力气。第一次见到她，她的头上系着一条绿地儿蓝花的围巾，一开始，围巾把她整个头都裹起来，只露出巴掌大的小脸，但是很快，围巾的结松开，再看的时候，乌黑的头发整个露出来。歇息时，他寻找她的身影，布兰在江水里洗手，其他人在河滩上抽烟、喝水，只有他，站也不是，坐也不是，手背在身后，面向大坝，手放到胸前，面向地平线。好不容易收了工，再看她，她的头发裹在绿地儿蓝花的围巾里，脸完完全全被挡住了，令他神魂不定。伙伴们替他急，让他不要太"木"，可他一开口就结巴，一说话就脸红……他是怎么赢得她的呢？同时追求她的还有一个镇小学教师。听说他请了副校长保媒，又听说他答应给她买缝纫机，那回唐松源是真急了，在路上遇到那个老师，呼一下撞上去，还偏说是人家撞过来的，揪人家的衣领，还砸了人家的眼镜……许多人带着看戏的心，觉得他输定了。好在布兰也对自己亲手建造的大坝充满感情，全家七口人就她一个人的态度倾向唐松源。险胜！几乎可以说，参与修坝的每个人都比他本人更早地预见了他已坠入爱河，无力自拔，这条大坝更是无声地目睹了他们永结同心的过程。从此之后，家与大坝紧紧相连。看到家，就想到坝；看到坝，就看到了爱情生根发枝的过程。

结婚五六年布兰才开怀，三年内连生两个儿子，唐松源经常带着儿子们去坝上玩耍。

但是，不走运，或者说是非常幸运，唐松源竟然没有机会带儿子们一起筑坝，在此后近二十年的时间里，这条坝已经十米之高，四米多宽，不再需要继续加高。又过了几年，上面派来了工程师和技术员，在靠近江水的弯道处，他们又参与修建了一个节制闸。农民们虽然懵懵懂懂，但边干边学。闸口完工时，唐松源总算知道这家伙是用来控制水流量、调节水位的水工建筑物。它既可以防洪，可以壅高水位为城市供水，也可以排涝。第一次泄洪的时候，形成瀑布一样壮观的水流，人们站在旁边又喊又叫。闸口"坝上"提高了一个档次，它自己也成了一个标志。现在，以"闸南"

和"闸北"为分界线,"豁口"是过去,"闸口"是现代化。

建造这个闸口的时候,唐松源受过一次伤,他的左脚大拇指感染后因为浸泡过久而坏死,最后不得不整个切掉。如果当时当回事请假去就医,坏死本可避免,可他大意了,以为扛扛就过去了。宣传干事写文章说他并非"大意",而是怕耽误工期而隐瞒了伤情,他想辩解,心想那些喊他"蛮牛"的又要笑话他没脑子了,可是他又不喜欢扫宣传干事的兴,最后,默认了。

闸口收官阶段,上面派来的人都已经走了,只有唐松源带着几个工友做最后的检修。有一天,附近一对六七岁的龙凤胎趁大人不注意,溜到水泥桥底下玩,其中一个先滑了下去,另一个伸手去拉,结果,兄妹二人都掉进了湍急的漩涡里。

天都要黑了,所有人都收拾好工具离开了,唐松源也已经上了堤坝,不知何故,他回了一下头。水面上只有一绺黑发。那是扎着朝天辫的小女孩的头发。用后来报社记者的话说,从唐松源的位置观察,就如同一片叶子在十米之外落到水面。但就是这一片落叶,使唐松源停下了脚步,那绺头发再次尽力朝上一拱,露出水面的时候,唐松源已经扑下了山坡。他的工友目睹了他飞身一跃的情景:"我以为他要去逮一条大鱼。"

但他们相信他不是轻轻松松做到的,孩子救上来之后,他跪在江岸上,胸口剧烈起伏。孩子的奶奶已经赶了过来,她看到两个孩子在大口大口地咳嗽和喘息,明白他们已经逃过了一劫,扑通一声向唐松源跪了下去:"恩人哪!"

消息传出去,又来了采访的记者。那天风雨特别大,记者的头发把她自己的脸遮住了,她什么也看不清,但她一只手拿着笔,另一只手拿着本,根本腾不出手去管自己的头发。任务紧急,报纸的版面在等着呢。她说。唐松源同样什么也看不清,甚至女记者的长相都没有看到,但是他感受到了一种热烈、一种善意。

她问他大坝原来的样子。他形容给她听,一个豁口,一个老年人缺失的门牙,一个无底黑洞,一个到夏天叫人睡不安生的隐患。

她似乎懂了,连连点头。

"为什么那么奋不顾身呢?"她急切地等着答案,笔停在纸上,头发拦在脸上,她的声音多么诚挚啊。他很不好意思,不知道要说什么,顿了好一会儿,他说:"两条人命。"

"为了生命!"女记者修正他说。

"为了生命。"唐松源点了点头。

不久,他得了一张奖状,上面写着"献给勇救落水儿童的唐松源英雄"。

他把奖状裱在镜框里,挂在堂屋。他知道这个荣誉是大坝给的,是闸口给的,是江水给的。

新建好的闸口因其宽阔和雄伟,一度成了年轻人聚集的地方,比起今天"闸口老汉"引起的小高潮,当年的气派可是属于附近方圆数十里的。在镇照相馆的橱窗里,挂得最多的除了孩子们站在油菜花地里的照片,就是情侣们拘谨地站在桥墩上,仰望着镜头的照片。

第二次发大水是在一九八三年,唐松源已经四十有二了。村里的水位到了警戒线,但是没有接到撤离的命令。村民们都坚守在家园。恰在那时,小儿子半夜发烧,布兰两眼紧盯着孩子,唐松源目光不离赤脚医生。医生深知责任重大,不停地踱来踱去,一支接一支地抽烟,最后说怀疑是急性脑膜炎,但他能力有限。

"去县里。"唐松源果断地说,"就现在动身。"村子从五十年代起已经有好几个因为脑膜炎致聋致哑的先例了,往常是夏天发大水,断坝断桥,人们习惯于等到天亮。但是,眼下有节制闸,大坝能通行。尽管没有路灯,四周一片漆黑,暴雨还在从天上往下倾倒,但唐松源背着儿子,布兰举着手电半夜动身了。他自己亲手修建的坝,他知根知底,安全到了医院。及时的医治,孩子退烧之后,主治医生乐观地说:"不会留下任何后遗症。"听到这句话,唐松源看向妻子,妻子正用袖口悄悄地擦着眼泪。他转过脸看向窗外,天光已大亮,美丽的晨曦从病房的玻璃窗口照过来,照亮了整个屋子,照得病房的地面洁白温暖。

城里的一切,氧气瓶、白大褂、门诊大厅,经过之处都使他觉得新鲜、陌生。温暖让他松弛下来,一夜无眠带来了一种无力感和失重感,他感到一阵后怕:要是没这条坝和闸,要是像多年以前那样走水路,后果不堪设想啊!

孩子终于出院。一回到坝上,看到江水浑浊地翻滚,蒿草、烈日和腐烂泥巴的气味扑面而来,有人在抽地里的水,有人在捕河虾,一条船过去,江水扑打江岸。想到他一担一担毫不惜力地奔走的时候,他的眼睛开始湿了;想到妻子那条蓝花的围巾,他再一次鼻子发酸。他看到坝边的老枝垂落在那里,像他多年的老战友。而他真正的战友们都各奔东西了,他终于泪水涟涟。妻子看到了,又好气又好笑:"哎呀,快收住,我们太走运了,不要哭。"

真正意义上的分别在四十四岁。那几年,农民们逃出村庄,去县里、省里以及更远的城市,那里是充满机遇的世界。等他们几个月回来,丢了无知,扔了旧裤子,甩掉了苦哈哈的表情,他们挺着胸像赚到多少钱的样子带走了更多的人。两个儿子都等着缴学费。唐松源也跟着修坝的老友去了省城。大城市给他留下了美好的印象。太阳升在天上,每幢房子都有巨大的玻璃,使太阳的威力更大。他在那里,亲眼见证了一条高速公路的铺设——不是夸张,三天铺成了一条十公里的高速公路,从凹凸不平的山丘到一马平川的柏油路。这条路惊到他了。他和工友们久久地凝视着这条道路,凝视着和它一样的千万条道路,以及道路两侧的田野和村庄,受到强烈的机器噪音压迫的村庄和庄稼都一言不发。他不禁想起了家乡的大坝和节制闸,那条凝聚了数百乡亲、数十年才建成的无名的大坝,他的心里突然很慌张。到了晚上,人们来来往往,简直没有停下来的时候,这边一辆车刚刚过去,那边一辆车又过来了,任何一条路,都得不到片刻休息。所有的灯光都一模一样,所有的墙体都乌漆抹黑,到处都是难闻的焦炭和水泥灰的味道,无休无止的发展和占有。那半年他感觉自己每天都掉进一次漩涡,他喘不上气,心里堵得慌,怀疑自己得了不治之症,他承认自己离开大坝失去了方向……那么个大块头,埋着头板着脸,终于,有天早上他闷声不响地打包行李。工头也是闸口的,跟在他身后好言相劝,唾沫星子溅到他手臂上、下巴上,他充耳不闻,他抿紧嘴唇,臂膀相当有力,攥紧行李,表情很决绝,像捆住不受控制的野马的缰绳,最后一个月工资也不领了,起身就走,他头也没回。

终于站到了坝上,脚下松软的泥土,熟悉的路的弧度,闸口轻轻流淌的江水摇摆,他闻到了熟悉的野蒿的香气,弯弯河岸边起伏的芦苇荡的上空,是明朗、清澈的天,身上的力气似乎一下子回来了。那个时候,他似乎又明白了一个道理:人在这世上终将只有一物属于你,人也终将属于一地;再好的东西,不是辛苦所得,就不配拥有。这样一想,他心安理得了。

老婆后来到镇上开水果店,骑三轮车到木材市场拉货,花钱的地方太多,修房子、买自行车、打家具,手头一直紧……好在两个儿子事事争先,一前一后考上大学。如今,都已成家立业,一个在县一中当老师,另一个在县税务局做会计。

时代变换,背井离乡成了不二趋势,年轻人离开了不再肥沃的土地,和他一起战斗过的战友们也追随儿女离了乡,他当仁不让地当了几年村书记,管理着一批老弱病残。因为人手少,又当仁不让地当起了义务邮递员、义务看闸人,最近十多年,节制闸因为长江水位的原因,弃用多年,但仍然需要修修补补,他顶下来了。

老伴十二年前撒手人寰,离他而去,加上村里的土地被承包出去之后,老表亲表老战友老邻居们入土的入土,进城的进城,一切都变得陌生了,是这地方还是他自己?坐在江石上发呆,听到江水在呜呜低泣,他更没有理由留在这里。儿子雇的面包车开到家门口,希望父亲带着母亲的骨灰一起进城跟他们轮流过。

任何事都是进城的绝佳理由:最要好的老邻居没了;水质查出一项不达标;房子靠厨房的那头塌了,修一修还不如买间新的;超过七十岁不适合在人少离医院远的地方居住……凡此种种,他都当耳边风。

"去城里能保持您的生活质量。"大儿媳妇是老师,有耐心做思想工作,她请他去更广阔的世界看看。

广阔的世界?我眼睛不灵光了,只能看到前前后后这一小块。

在这里，他样样心里有数——坝在哪里拐弯，哪棵树什么时候栽的，哪块地的土质好。他的父母埋在这里，他的老伴也埋在这里，他们家两条狗都埋在这里，沉默无语，那些有血有肉的过去，逐渐被画上休止符，逐渐消散在风中……他在这里，见证过大洪水；见证了房屋盖起来，人们倒下去；见证了孩子们出生、长大、去了别处……骨头越来越硬，心肠越来越软。他不走。

儿子们担心他孤独和无助的情景并没有出现，他改变心意的节点也迟迟没有到来。

一开始他并没有做煎饼的手艺。闸口小学里全都是些附近拼凑起来的留守儿童，他去学校里帮着砌过一个食堂，好心人捐款，让孩子们中午能免费吃一顿饭。他发现，就算有一顿免费的饭，到了傍晚，许多孩子仍然要饥肠辘辘地走上回家的路，有的还小，要等到天黑父母收工了才来接回去。无论多冷多饿，他们只能干饿着，直到天黑也吃不上一口热饭。一开始，他免费提供给每个孩子一个煎饼，确保他们在回家之前不那么饥饿——他很快狼狈地发现，操作起来太难，免费的东西吸引贪婪的人，甚至有些老年人，怂恿不上学的孩子跑过来要。他急得直跺脚，三个月不到，他的积蓄亏光了，差点就要打退堂鼓了，但他坚持了下来，渐渐掌握了规律和技艺，把免费改成了小盈利生意，再把一点盈余放到学校食堂费中，给孩子午餐加点菜。他凭着老年人的智慧和耐心把煎饼送到了真正需要的孩子口中——这一做，快十年了。

为什么不离开呢？他想起那个举着手机的年轻人皱起的眉头，因为得不到答案而夸张的失落的脸，他暗自发笑：哪里有那么复杂，这里可是我的家。在这里，我参与过热火朝天的生产和建设，我的亲人埋在这里。你瞧瞧，凝固在春天枝条上的淤泥，夏天月季上的水珠，秋后无燕的空巢，冬天脱了叶的野藤也能弯成一座桥，多好的地方！

"每天这样累得很吧？"闸口学校的陈老师也有六十多岁了，他可是正经城里人，退休了来做义工，免费教学。有一次，他来闸上和老唐聊天，认真地问他。

"还好。"他摆摆手。

"去儿子家享享清福不好吗？"

他温柔无声地笑了："我做惯事了，让我坐吃等死，我可不干，你也没闲着啊。"他们惺惺相惜，心情欢畅。

春节过后，天气变暖，田地里的麦苗和油菜开始从雪水里冲撞出来。那些凑热闹的食客无影无踪，但闸口小学如期开学了。留在煎饼摊边的仍然是去年的孩子，只是略高一些了，更壮一点了。放学铃一响，模糊的小不点儿们加速地往闸口跑，他们边跑边闹，欢腾的气息一浪一浪往他身边袭来。老唐开灶，倒油，一套熟稔的标准动作开始了。起锅时，葱花和香菜一撒，香气就出来了。最先到的那个摊开手心,亮出手里的两块五毛钱,咧开嘴笑,对自己争得头筹深表满意。很快,第二个也挤过来,不服气地叫嚷。不管多么吵闹、推搡,甚至有次把麻油洒了一地,从他这里都听不到半句责备,假装的呵斥都没有。一根火腿肠、一只土鸡蛋、一小团面粉,都是实实在在的营养,也是家长们普遍能承受得起的支出。孩子们有的狼吞虎咽,有的细嚼慢咽,老人温柔地看着他们。金色的太阳拐到西边,掠过树梢上的叶子,在眼前闪着光芒。老人感到微微疲倦,歇息片刻,继续工作。孩子们吃得饱饱的,或者在周边玩一阵子,或者回到学校前门的乒乓球台上打一会儿乒乓球,也有乖巧的,吃完回到教室做完作业才回家。再晚个把时辰,大人们收工回来,香喷喷的饭菜也即将端上桌。而那座承载满当当回忆的闸口,逐渐隐匿在暮色中,天光暗淡之后,野地里的小动物消停了,远处的屋顶开始模糊,稀稀拉拉的路灯亮了起来。一阵疲倦袭上来,饥饿的感觉像是一个号令,催促他别忘记回家的路。他有条不紊地收拾摊子,鸡蛋、面粉、汤勺,各归各位。他直起腰的时候,右手习惯地握成拳,在腰上捶几下,骑上三轮车。三轮车链条转动的时候硌着了挡板,咯吱咯吱地响。路两旁刚刚饱受霜打的乌青的树,沉寂的灰色沟渠,以及余晖消逝的褐色天边,一切那么熟悉而安稳。看到沉寂的村子里有零星的灯光,看到自家的房子了,他会踏踏实实地走进院门,在暗夜里长出一口气,他感觉笃定而心安。良夜尽头,温柔的黎明在等候。

超　市

1

母亲把魂落在超市不是没有理由的。就如现在,超市实在体贴入微、及时周到:购买十元以上的食品,就能到简易餐桌免费小憩;免费开水机旁配有免费纸杯。她刚找到一把椅子坐定,母亲已经把免费的生煎包送到她及她的儿子跟前。味道肯定也不坏。母亲带着知情人的神色向疑虑的女儿示意,并帮外孙调整了椅子的高度,让他的手够得到悬挂在免费游玩区的色彩斑斓的免费玩具。

母亲显得神采奕奕——虽已年过六十,年轻时健美壮硕,后来渐渐人老气衰,三年前放弃三亩地,从江心洲来城里帮她带孩子。因为目不识丁,不读书不看新闻,她跟其他人的攀谈一度很难,她的话题总停留在乡下和过去消失的人和事身上。进城半年多,她开口谈的还是邻居家那只走丢一个月的鸭子在外村遇到主人,上来就呱呱叫个不停认亲的趣事。这趣事听到第一百遍的时候,女儿女婿都会抿着嘴苦笑,不敢也不忍心抗议。他们经常听到同事或朋友说起,他们的岳母或婆婆突然撂下儿女家一摊子家务以及襁褓中的孩子,甩手就走的事。女儿晓得母亲不是那么火暴的脾气,母亲只会坐在昏黄的厨房里发呆。

女儿体贴地教她适应新的生活:微波炉怎么开,电视如何换台, 新式拖把怎么用最省力……她总是听得心不在焉,神思恍惚,满脸焦虑。包括对孩子的哺育,母亲的那一套被弃之不用,她所能做的就是听从女儿的安排。母亲渐渐不像一个母亲,而像一个学徒,而且是最不肯学的学徒,母亲对此深表抱歉。女儿从最被宠爱的对象转变成母亲的主心骨,她决定房间的装饰、每月的开销金额、购买商品的品牌、朋友间的礼尚往来、窗帘的颜色,母亲只能听从安排。

因为人生地不熟,母亲不喜出门,太阳好的时候,她就蹲在橱柜的角边,不停地擦拭灰尘。从玻璃门窗射进来的太阳光的空气里充满了灰尘,原本可以打发时间的灰尘,因无穷无尽、层出不穷,令她烦躁不已。

偶然一天,女儿请母亲到超市买袋洗衣液。母亲拿着女儿写了牌子的购物单找到了指定的洗衣液,一袋500克的洗衣液标价二十六元,因为价格过于昂贵,母亲犹豫了很久,最后还是决定遵从女命。不过,她耿耿于怀,念念不忘这离谱的价格。洗了一辈子衣裳，五毛钱一块的肥皂能洗一个月，她想，钱拿到这里就不是钱了吗？

第二天，她在帮女儿整理信箱时，突然在一张花里胡哨的纸上看到了那袋洗衣液的图片，上面标了个她认得的数字：

十八点八元。

她左看右看了半天，确定自己没有老眼昏花，她走到正坐在电脑前上网的女儿身边，问道，这个数字是价钱吗？

女儿瞄了一眼，点了下头。

是的。

我前天花了二十六块！

女儿又点了下头。我晓得。

这里写十八点八元。收错了吗？

没，这家搞促销。

什么叫促销？

就是拿出一两样东西便宜卖，不赚钱，赚人气。

什么叫人气？

女儿不知道怎么解释，于是找了句大白话，你们看到洗衣液便宜肯定就去买，你们个个图便宜都往那里跑，他们那里可不就特别热闹了吗？

女儿补充了一句，热闹就是人气。

哦。图个热闹。

母亲似懂非懂，一个人坐在客厅里思忖了很久。从以往后，她开始留意价格的奥秘。同样牌子的卫生纸，在 A 超市需要十六块,只要肯多走几步到了 B 超市,只需十三块五;同样一袋盐,C 超市比 D 超市要凭空贵出三毛。它们的价格总是忽高忽低,变来变去。她发现,从来没有两处同样的价格,偶尔买的是最便宜的,大多数时候,买过的东西都贵过广告上的,广告上的价格总是低于她实际买到的。她拿着纸到卖场去追究,被告知要看价格下边的日期,以及图片下方的规则(不要说她不认字,就算认得字不戴放大镜她也看不清)。有回她发现,她昨天花了二十一块五买的水饺,今天却标着二十八块九,为什么?她捡了便宜还是很不爽:万一我昨天没留意,万一今天头一回来呢?把人当傻子吗?她握着证据,不依不饶地想。母亲经常深陷懊恼,拿着自己买东西的发票和广告对着女儿总结、埋怨和自责。

后来,她行动了。

她花了大半天,做了计划。她把要买的东西,如味精、香蕉和酱油一一记在一张纸上。那些字,她是照葫芦画瓢学会的。她捏着这张纸开始奔走,跑了七家超市,分别把每家的价格都抄了一遍,最后,选了一家价格最低的走向收银台。事情比她想象的复杂,三样东西分了三处购买才确保是最低价,而且只是当天的最低价。那天,她省了三块五毛,虽然非常辛苦,腿脚受了点累,但心无悔意,倒令胃口大开,往床上一倒就睡着了,而且睡得格外踏实。

这些许的成效带给她莫大的惊喜。最初,只是怕吃亏,后来能在别人傻里傻气、瞎买胡购之时,买回绝对价廉物美的商品,那种成就感会生发出来,使她快乐无比。

购买——购买到最便宜又最好的物品——成了母亲生活的最主要目标。购买体现了她的价值,购买的多寡体现了她价值的大小。后来,她不再只为所需而购,单为实惠而买。自那以后,家里堆满了物超所值的商品:熨斗、电吹风、成打的肥皂……每一样东西都是经过价格和质量的几番比较,确定价廉物美才被她带回家的。客厅、厨房、阳台以及她卧室浴房里的每个角落,处处都摆放着她精心盘算而选的用品。做女儿的承认,母亲买回来的每样东西都正在使用或即将使用。母亲遵循着性价比绝对高的原则,并带着这个原则大胆做主——即使每一分钱都是女婿女儿挣来的,她亦能心安理得地花出去。

很快,房子显得太小了。那些碍事的战利品,每一样都有它来到这个家的绝对理由。一辆脚踏车,外孙上小学时就可以骑了,更重要的是,它的价格是两个月前的三分之一。一台取暖器,女儿放在母亲的床头,可是母亲一次没有开过,母亲买它是因为:是去年价格的一半。

而电费只有在晚上九点之后才会便宜那么点。九点之后,母亲会坐到床上,她得为第二天的搜寻养足精神。

一张床,过于庞大了。母亲把它放在阳台上。她告诉女儿,万一你换了房子,多出一个房间,就用得上了。

因为东西多,又太零碎,所有橱和柜都满了之后,母亲开始寻找更大的空间。储物凳是最贴心的发明,既能当板凳,又能藏住东西。那些连包装都没有拆开的商品找到了自己的存身之处,可是储物凳又重又大,只能摆在客厅的中央。

来了客人就不愁没地方坐啦。母亲快乐地说。

看着老人每天辛辛苦苦地奔波,来来去去还不都是为了她的家吗?必要的及时的夸张一些的赞扬和感激就经常从她嘴里说出来,这更使母亲越发自信。而且母亲胸怀宽阔,把自己的信息无条件地贡献给了和她一样为儿为女的邻里,现在,母亲身后跟着七八位忠心跟随的老太太,其俨然是这个购买群体的领袖核心。母亲统领着一群笑哈哈的、肆意张扬又极其务实的老年妇女威风凛凛地出入超市,多么了不起啊!家庭局势发生了变化。母亲根据白天的斩获安排晚餐内容,窗帘最近也被换成了大红色。那块布质地厚实,花型古典,并没有对房间的布局造成破坏,并且,那块窗帘买来的价格是原价的两折,多么多么合算!女儿的意见被大声地顶了回去。

她记得很清楚,母亲说,过日子就得这样!

母亲的声音丢掉了维持了大半年的战战兢兢,带着一种广袤原野的高嗓门,保留着乡下女人的强硬和粗糙,那才是她原来的母亲。同时,母亲扫除了自己衣着和外表上的乡气,通过超市学会了如何搭配,混迹在一群老太太中间,尤其是谈到超市和商品如数家珍的时候,她权威而内行的声音可以掩盖她往日数十年城市生活的缺席。她几乎算得上是天才。

如果有一天，母亲满头大汗地回家，两手空空，只需扫一眼，做女儿的就能看到母亲空荡荡的内心。那一天，母亲也会沉默不语，毫无自信。

2

母亲自然不会放过这个日子——这家超市庆祝开店五周年。母亲现在认得的字已经有上百个，图片对应的文字她能大差不差地念出来。她有一个特价买来的记账本，上面歪歪扭扭地写着每天的账目。这家超市在今天一天之内有三十七样商品大打折扣，这三十七样商品无一不是自家当下所需或即将所需。锅碗瓢盆、床单被罩或卫生用品，她发现样样用得上。我一个人顾不了那么多，你一定要来帮忙。母亲首次向女儿提出要求，女儿不得不牵着儿子早早赶到。

女儿显然没有母亲想象的那么能干。母亲制定的分工合作被她搞砸了：好几样定量供应、绝对全市最低价的商品没有抢到手，而且，母亲好不容易挑满的一辆推车差点被她丢掉。母亲全身大汗淋漓，最终不得不放弃部分商品，而女儿在证明帮不上忙之后，被允许带着儿子到免费区去吃点东西，唯一的任务是看管母亲斩获的两推车商品。

她坐在免费休闲区的椅子上，看母亲臃肿的身影又汇入汹涌的人流中。母亲快捷地游走，身影毫无上了年纪的老年人的迟缓与笨重——那是她在超市之外的形象。很快母亲就与货架及商品融为一体，似乎跟她毫无瓜葛。不久，母亲推着推车走向她的时候，脸上挂着自豪的微笑——又有了母亲的模样。

这家超市没有窗户，数以万计的日光灯覆盖住每个角落，使每个角落都透透亮亮。货架与货架各自竖立，乍一看，是对峙之势，再一看，彼此相像，形同孪生。所有的货架都淹没在繁芜的商品之中。那些陌生的、每天进进出出、造型各异的商品，组成自成一体、璀璨夺目的世界，放置它们的地方泛着金色的、夺目的、耀眼的光，商品与商品常常生离死别。某个货架上刚才摆的还是如人皮肤般淡红色的商品，马上就被人换成了乳白色的另一样。金黄色、暖灰色、淡蓝色，这些色彩被强行放置在一起，又冷不丁被迅速分离。它们大多都呆若木鸡地听从安排，对触摸到它们身上的千万只手均无动于衷、逆来顺受。

即使每一天都生活在超市这个商品的海洋里的人，都不一定叫得出每样商品的名字。就算这家超市是在坟墓上方翻修的，也不能阻止这日益庞大的人流不间断涌入。所有的人，都有着任劳任怨的精神，他们在一米宽的过道中，清一色地推着四只轮子的推车，你左顾，我右盼，你伸出左手够高处的商品，我踮直右脚去观察左上角的价格牌，远远望去，没有一个动作不是规范的、在意料之内的。这些被设定好路线和方向的人，在设定好的带有迷惑性的过道里机械地寻找——寻找那早就存在的答案和谜底。

昏黄的、被无数人踩踏过的走道边的壁画上满是路人的痕迹，孩子的水彩笔一划而过的涂鸦，推车不堪重负、失控的撞击留下的凹痕……这片钢筋水泥却更像一片辽阔的沃土，吸收了千丝万缕的气味，这气味来自四面八方，每个经过的人带走一些，又留下一些，凭着天然的力量，交织着所有人的来处、所有人的秘密，以及所有人的命运——自然也包括她的，这位在庞大超市跟前无能为力的女人。她散发出来的是无奈的迷茫的气息，有一瞬间，她没有办法在人群中盯住母亲的身影。母亲仿佛迷失在命运的阴影之中！

她牵起孩子的手，走出免费地盘，走向高高的货架，想帮一下母亲，接近货架时，她有点心慌，不是担心商品会掉下来砸中自己，而是担心手里牵着的这个孩子。侧视两边，商品如此拥挤，以至于呼吸不畅，隐约有一不小心就会掉下悬崖的危险，越往深处，越仿佛走入一口又深又暗的水潭，即使是炎炎夏日，这个联想也使她倒吸了一口凉气。此刻，她恍惚觉得超市本身就是一个活着的、澎湃的生命，而她置身在这个生灵的巨大的心脏中间——迷宫式的跳跃的心脏之中，虽然商品看上去只是任人摆布，但它也常常与货架狼狈为奸，是这个迷宫的最有力的参与者和建造者。

就连人——忙忙碌碌的人——都不是主角，甚至连配角也不是，他们只是像螺帽一样的工具，构成超市的一个部分。而且,在永无休止的更新之中,她永远无法笃定哪一次的选择是正确的。她选择了一样,就意味着失去了对另一样的尝试和体验。她这一辈子,无论工作多少年,无论多么冷静、客观、理智、聪明、独立和智慧,也没有离开这个地方的能力。最要命的是,无论她带走多少想要的东西,第二天都会有更多的需求。即使她能在这纷繁无序的地方穿梭如飞,识破所有商品的谜团,仍不能视作对超市的理解和掌控。无论进入超市多少次,她的脚步肯定跟不上时刻更新的商品,所以,这座迷宫,最令人绝望的不是走不出,而是即使走出又会再次自愿陷入的永无休止的命运。空空洞洞的商品,增加了实实在在的忧伤,一浪高过一浪。

而且,你一旦购买了即被驱赶,像一群呱呱呱下过蛋的鸭子被赶到外面去。当鸭子的屁股摇摇摆摆时,主人会亲切地召唤它们,在其下蛋之后,令其自行觅食,等它们的屁股重新沉重地摇摆时再发出深情的呼唤,鸭子们此时也会飞快地回来,少有什么意外。就是这样。

她苦苦地抵拒着脑子里产生出来的无助感。她也明白母亲看不到这一点,许多人都看不到这一点。人有时看不到实实在在的东西,因为实实在在的东西有时被不实在的东西挤到了暗处。她看着那些人不管不顾地穿行,生怕落于人后,身体在不停地穿行中枯竭交瘁。就算她找到母亲,若认为遗漏了值得带回去的商品,母亲仍然不会善罢甘休的。带着这种难以沟通的忧伤,她却步回转,回到了免费休息区的椅子上。

<h2 style="text-align:center">3</h2>

嗨！突然地，一个女人牵着和她儿子一样年纪的小女孩，朝她露出洁白的牙齿。她略一愣神，像从下坠的电梯里被拉上平台似的。对方的脸似曾相识，可能是见过面的熟人，她赶紧报以尽可能友善的微笑。

海涛，小蜻蜓。意识到她的茫然，对方报出了两个名字，她的记忆通道立刻被打通了。年前的一个饭局上，这个女人坐在她的左侧，和她喜爱同一盆剁椒鱼头，频频同向这盆菜伸筷，共同的喜好使她们频频会心微笑。此刻，这个女人魔术般地出现在这里，她的孩子已经和自己的儿子握起了小手。两双小手同样稚气、白嫩，毫无戒备地触碰到一起，让她有一种一分为二的感觉：一个是在想买齐全部打折商品的顾客的女儿，另一个是坐在郊区一家饭馆里吃剁椒鱼头的女人。现在，她也不由自主地相信对方也有一位正在抢购打折商品的母亲。

我带孩子出来瞎逛逛。对方的眼睛扫到了她的推车，眼睛里传递过来同情和友善，买东西真是件苦差事。

她立刻有一种找到知音的感觉。我母亲……她刚刚想开口，却又噤了声，意识到母亲远离家乡，令母亲高兴的事寥寥无几，给母亲依靠的人也唯有自己，现在她却在一个几乎陌生人跟前说母亲的坏话,她对自己感到不满。带着保留,后面的话题就遮遮掩掩不新鲜了:那天多少人喝醉,海涛后来又闹出了什么笑话,其中某个人现在在做什么……总之都是些不重要的事情。她仍然没记起对方的名字,可是奇怪,一种愉悦产生出来,在对方牵起孩子的手准备离去时,她突然张口邀请对方到家里吃晚饭。

嗯?

嗯。意识到对方不是没听清,而是不敢相信自己的耳朵的时候,她有种恶作剧的愉悦之感。她仿佛瞧见了母亲吃惊张开的嘴,这超出她规划的事会使母亲惊慌,而母亲是个要面子的人,明知如此母亲只会增加购买时间而不是减少,她却更加来了兴致。

怎么样,怎么样?她急切地催促,故意不给对方思考的时间,眼睛里更多地流露出夸张的喜悦。对方果然被她感染,微笑着点头同意。

一个小时后,她母亲再度斩获三件打折商品送来。母亲跟早晨来时已是截然不同的形象,她眼袋下垂,露出亢奋接近尾声的那种松弛,然而,母亲怕遗漏掉任何一个地方,决定还得到电子产品区转一转。她拉住母亲,把遇到的女人介绍给母亲,强调对方是自己很好很好的朋友,她一定得请对方到家里去吃顿饭。她的夸张和激动使老太太不知所措,意识到要买招待客人的菜时,母亲条件反射似的脱口而出,东郊那家超市的鱼肉今天搞特价。

这个要面子的人,说完以后自己脸红了。红着脸的母亲一瞬间像个羞涩的少女。岁月和操劳使母亲变了模样,头发粗糙,原本饱满的地方干瘪,原本干瘪的地方臃肿。母亲的眼神格外谨慎,想竭力在生人跟前掩藏算计的特点,她突然怜悯起母亲来,有一种想立即逃开的冲动。她说,那超市我认得,我去买,你把要买的东西买齐了就回家,我朋友有车,不用再挤免费班车了。

这仅仅作为意外事件的补偿,对母亲显然已经起了作用。她立刻默许了女儿的行为——母亲是要面子、讲人情的女人,这终究是她从乡下带来的风气。

把母亲和儿子丢给仅仅见过一面的陌生人,一丝不安闪过心底,她吞了吞自己的口水,已经来不及了。两个孩子已经发出欣喜的欢呼声,而这位朋友也坐到她原来的位置上,成了所购商品新的看守。母亲小声交代了要购买的食物:一斤肉,半只盐水鸭——那家比这家的桂花鸭便宜七块四,两斤西红柿,再加上一斤老姜。事已至此,她没有任何理由再等,唯一应该做的是快点把事情办妥。

4

不等电梯下来,她匆匆从楼梯走下去,她的胳膊在拐角被带了一下,她从镜子里看到自己面部五官痛苦地扭成一团,她心里一惊,暗自庆幸没人看到这一幕。经过一个中午的强势之后,下午的街道显得疲沓,放眼一望的工夫,七八辆汽车已经飞驰而去。若以为能在外头呼吸一口新鲜空气,这就是个错误的想法,街道上的花样不比超市少,甚至更多:饭馆门口的招牌字,一家比一家随便,一家比一家更脑汁绞尽。

从住所到这个超市,有免费班车,从住所到那个超市,也有免费班车,可从这家超市到那家超市是绝对不会有免费车可乘的,她只好凭着直觉步行向前,并不断向行人打听。楼宇庞大,看似很近的距离,走起来却特别费时。被询问的人说法不一,有人说往东,有人说往南,还有人直接说往西,半个多小时后,她一回头还能望到这家超市那超级巨大的牌子,双腿在这个庞大的空间里显得毫无意义,高跟鞋击打地面发出空洞的声响,她的腿感受到时间的威胁。有一处建筑物正在拆除,房檐全部都被卸下来了,外墙的瓷砖碎片散落在枯萎的草坪里。脚手架上仍有零星的水泥块往下掉,扬起细碎的灰尘。房子像被肢解的尸体,无能为力地被剁碎。一个月前的这个时刻,或者更早一些,这里充满了人的气息,可现在连门也找不到了,工人们面容憔悴,破坏者没有破坏者的恶毒,有的只是疲倦的麻木。有位拄着拐杖的老人,显然已经半身不遂,经过的时候没法加快他的步子,身上也落满了灰土,他的神态跟拆除者一样麻木,身影也带着听天由命的从容。

她狠下心来招了一辆出租车,出租车师傅倒是一听那个超市的名字就猛踩油门调头急驰。她通过车窗刚好看到了太阳正准备到一幢楼房的背后去,日落景致,使时空更加深远,恍若画中。十来分钟的时间,她居然打了个盹儿,梦里见到一列火车在山腰里穿梭,车窗外的树木噌噌后退,她闻得到柳树的清香,那是超市买不到的味道。等她睁开眼睛的时候,明晃晃的白色太阳已经罩了件黄色的披肩,一束温和的阳光照在她脸上,视野里的东西显得亲切了一些。出租车将她带到一幢建筑物的楼下,当她伸出手找钱包的时候,突然想起钱包其实在母亲那里,她在口袋里四处摸索,这尴尬使她的惊慌一览无余。

算了,算了! 意识到这个女人的确掏不出钱来,司机拉开手刹,准备离去。

这慈悲的、体贴的声音,像一只手把她从湿淋淋的深水里拉出来,她猛吸一口气,感激地扑到车窗上。

不不不! 她张着嘴,急切地呼吸着,同时双手又急速地在身上拍打起来,希望奇迹能从口袋里被拍打出来。

算了,算了。车子已慢慢调转车头,她刚好来得及记住他的车牌号码以及那张一直没来得及看的脸——一张辛劳的脸,嘴唇干裂。这张脸散发着焦虑和被时间追赶的那种紧迫感,让她感到一阵亲切。她很后悔没有把刚刚买的可乐带一瓶过来,眼睁睁地看着他的车在一阵烟雾中疾驰而去。

真是够巧,车子刚刚淹没在车流里,她真的就摸到了一张纸币。打开一看,仅仅是一张皱巴巴的五角票子。她想着这薄薄纸张的神奇,这印着领袖人物图案的纸张,可以代替手脚,可以拉紧时空,可以换来温饱、喜悦、礼貌,可以驱赶不安、寒冷,可此刻,这东西把人的腿脚全都缠在了一起,让人无法走想走的路。

现在,她对超市毫无价值,超市对她也毫无意义了,超市需要的仅仅是钱,不,超市所要侵占的可不仅仅是钱。在改变了需求,剥夺了时间,增加了欲望之后,超市已经俨然成了新的藩篱和秩序——已经设定了一个新的界限,把生活无情地切割开来。她怀着把事办砸了的沮丧往家走去。

她多么想钻进一辆车,那些从她身边苦苦寻觅步行者的空荡荡的出租车,她多么想伸出手,她知道那些方向盘后头,都有一双热切期盼的眼睛,她知道自己一招手,就会给那双眼睛带来短暂的惊喜和感激。

然而,她不敢。她一想到母亲一旦得知她没有买到打折的鱼肉,甚至还搭上了打出租车的费用,我的天哪,不是免费班车,不是公交车,而是出租车啊,她能听到母亲心底那长长的、无奈的、惋惜的叹息声。有几次,她出差回来,出租车停在楼下,她在付钱的时候,撞上了站在窗边的母亲的目光,母亲绝望地把脸扭向一旁,她明白,母亲在心里呻吟:

两块钱的路硬花了二十块。

可是我实在太累了。有次她婉转地向母亲解释她为什

么回家选择乘出租车而不是公交车时,她以为会获得母亲的谅解,毕竟母亲那么爱她,结果,那一次,她听到母亲绝望的呻吟:

二十块钱能买一斤水西门的烤鸭。

然而母亲是真的爱女儿的。她买回来水西门的烤鸭,母亲总是一个劲地说,多吃点,多吃点。

步行是此刻唯一正确的选择。她强令自己接受这个决定。现在,她调整呼吸,朝着东边——家的方向走去。从这里到家,至少有四十个红绿灯,没有两个钟头她可能无法走回到那个容身之所。

前面的十字路口有一条小路突兀地出现,她果断地拐了进去,然而她被欺骗了,那条小路在五百米处突然划了一个长长的弧线,向南偏去,兜了一个大大的圈子,她不得不又返回大路。

一旦你有抄近路的想法,新的小路就会时不时地现出来诱惑你。

她再次迷失在一条小巷里。在两幢平房的间隙,有一个一人宽的地方,这回,她决定不再回头,带着一种执拗的倔强从中间挤了进去。接近出口的时候,墙与墙的间隙突然小了起来,她的手臂和耳朵都刮到了水泥墙,有一阵子身子似乎要被卡住了,一阵惊慌使她的呼吸急促起来,然而,她终究还是挤了过去,出现在眼前的是一条小河,不,准确地说,是一条臭水沟,水沟的两旁倒挂着枯黄的败柳条,甚至还能闻到刺鼻的动植物腐烂的气味,可是,正是这深藏在城市深处的水沟一下子使城市变得动人起来,真切起来,刚才似乎就已消失的太阳此刻却还真切地挂在水沟旁的柳条尖上。

她凝神屏息地看着,当她带着满脸的苍白、茫然回到她自己体内的时候,一阵恐惧感骤然降临——她记起超市这个大家伙了:打折商品,高昂的货架,被她留给几乎还是陌生人的儿子,母亲的购买计划,以及她自己的身无分文,两手空空。

5

她几乎小跑起来,向着太阳落下去相反的方向,沿着水沟边的堤坝,她听到自己的脚步声越来越陌生。路看上去那么多,通向家的路却只有一条,而那一条现在恰恰不在眼前。要命的是,她不断地看到各种各样的超市。这些超市遍布城市的每个显要位置,任何人想到任何地方都不可能忽略的位置,它们的招牌比这座城市最好的楼房还要高大,招牌的颜色比世上最鲜艳的颜色还要夺人眼球。

她加快速度。内心焦躁不已,一路上,她不断地听到母亲抓扑三十多样打折商品时铆足劲的哆嗦声,听到收银员手上扫描商品的嘟嘟声,听到装满商品的推车摩擦地面的呻吟声,她还听到自己肿胀的喉咙里发出的喘息声以及时间在她前面一路小跑的嘀嗒声,她甚至听到了孩子发出呼吸不畅的哭声,这个她小心翼翼爱惜着的孩子一眨眼的工夫现在就和陌生人搅在一起,一种强烈的不安感充满了她的脑子,她迈开步子,狂奔起来。

没有再询问,她终究拐回了大马路,她现在清醒地知道自己所处的位置,家其实已经不远了。在经过玻璃橱窗时,她看到了自己的模样,汗珠在她前额和上唇亮晶晶地闪耀,她的身上就像含着一股热火,这股热火透过玻璃窗很快变成了一股凛冽的寒气,在这六月的黄昏,她的神色,她垂着双臂的样子不像一个回家的女人,而像一个迷路的恐慌不已的孩子。

她已经看得见自己的房子了,不过,若想到达这直线距离不足一千米的地方,从地下人行通道过去是非常耗时间的,而穿过车行如梭的立交桥,也要承担很大的风险。最终,为了尽快到达,她厚着脸皮,假装没有看到桥面上的辅警,小跑着上了立交桥,可是一上桥面她就感到些许不祥。擦肩而过的汽车带给她的惊惧远比想象的大,桥面在空中划出一个巨大的弧度,越往高处走,视野越开阔。她站在高处能清晰地看到,从桥面上下降的灰尘悄无声息地往右侧楼顶上落,那水泥钢筋的玩意儿显得很是荒凉,跟人差不多高的几株小树有气无力地摇摆,了无情趣。她的肩膀尽量贴着桥栏杆,她的手也不知觉地贴着栏杆,也正是如此,她吃惊地发现,这防护人安全的栏杆也跟她一样瑟瑟发抖。终于有一个出口可以离开桥面,她的双腿仍然不停地颤动着。她的喉头发紧,随时都有放声大哭的可能,但那显然于事无补,尽快赶回家才是唯一的要事。

她渐渐接近了自己的房子,熟悉的地域使脑子渐渐清醒起来,不安被驱散了,想着一会儿就能进去休息一会儿,还能和新的朋友聊聊新鲜的话题,她的紧张心情开始放松了。离家越来越近,她已经可以看到楼下那堆沙丘了,那是专门给小孩子玩扮家家游戏用的细沙,沙子细腻没有灰尘,沙丘上蹲着许多充满着想象力的孩子。正在这时,从路的另一头,跑过来一个气喘吁吁的人,那个身影越来越近,她终于看清那个人就是自己的小阿姨。小阿姨一看到她,就忍不住高声哭了起来,边哭边问她,你妈妈呢?

她傻愣愣地看了小阿姨半天,才听出她哽咽着表达出的意思:

在超市做促销员的小阿姨,刚刚接到老家亲戚的电话,她的外婆,也就是母亲的母亲,刚刚在老家去世了。

她隐约看到有东西从记忆里挤了出来:小时候泥巴墙上的蜂窝,外婆纳鞋底的声音,两个孩子在江心洲岸边垒起沙子做长城,大门上的对联,九月九集市边滚烫油锅里的油条,煤油灯在小风里晃悠的夜晚……这些仿佛都不是记忆,而是另一个空间里的东西。她也是从尺把长长大的,她也曾目睹过家里的老狗生崽时的血腥场面,她也有过在河沟里睡着的情景,但她没有挨打,而是被悄无声息地抱起放在床上,早上起来的时候,泥巴粘住头发,母亲恼怒地看着灰头土脸的她,幸好那时外婆精神矍铄,使她得到了庇护。

多少年来,这些东西像是被石灰覆盖住了,现在却又统统陈旧地露出星星点点。她内心涌起对亲人的深深的眷恋,然而,覆水难收。她此刻如梦方醒:

啊,原来外婆刚刚去世啊,我还以为她已经去世多年了呢!

一阵锥心的酸楚瞬间击中了她,她慢慢地蹲了下去,蹲在孩子们经常玩耍的沙丘旁,忍不住抽泣起来,这抽泣声久久不息,像一条细流向远处流淌。

象 拔 蚌

　　我在寻找槿芳的新家。街道两边种着整齐划一的合欢树。五年不见，城市更规整。小区里每幢房子都一模一样，在没有云的冬天傍晚，走着走着，几乎像在原地踏步。

　　但我知道在这些相似的门中间，有一扇与众不同。那个房间住着我的故友槿芳。她站在门厅迎接我，看上去没有什么变化，下巴很尖，脸色有点黄，嘴角微微上翘，随时都能笑起来的样子，黑眼圈有点重——并不比过去更重。我担心的那种衰老和憔悴并没有在她身上显现——令人欣慰。她穿一件花色土气的连衣裙——在穿衣打扮方面，她始终没有进步。这更加唤起我内心的熟悉感。

　　她笑着侧过身子，把我让进门。我觉得自己心潮澎湃，有一肚子话要说，有一肚子问题等她来答。两个小女孩躲在她身后。我俯下身，向扎着马尾的看上去四五岁的小孩迎以笑脸：

你是婷婷?

这女孩长着一张酷似爸爸程健的脸,我于是一眼笃定。

女孩害羞,绕到母亲身后。是的,她是婷婷。槿芳帮女儿做了介绍,旁边还有一个两三岁的小女孩拽着她的衣角,大胆地直盯着我。这女孩细眉细眼,小巧精致,不像槿芳,也不像程健。

这是你弟的孩子吗?

不,这是我的小女儿。她把握过我的手收回去,轻轻放到小女孩的头上,微微一笑,一字一句地说。

天,你竟然在我离开的这段时间生了两个女儿?我的吃惊溢于言表,我的语气非常夸张——这正是我此行的愿望和目的——希望她能坐下来跟我喝杯茶、叙叙旧,像过去那样,真实不虚,坦然不惧。我都迫不及待了。

她哈哈笑了两声。我还在原地等着更翔实的回答,她却兀自带领孩子往里屋走。孩子们似乎并不难缠,她们安静、乖巧,很合作地鱼贯而入。

这个话题算结束了。

我俩认识的时候,都二十五岁。我租居在四条巷深处的一间平房里,被公司的一个女同事欺压,每天闷闷不乐,想着讨好或者对付那个女的;槿芳已经嫁了人,她自小家境殷实,哥哥事业成功,许多目标还没有来得及奋斗就实现了。她二十岁的时候,她哥哥单位年轻的营销员程健,追求她格外热烈,她怀了孕,不想上手术台,两人就结了婚。她哥哥给了她丈夫一些股份,并且让他升了职。他们住在城乡接合部的小洋楼里,那是她娘家的祖产,因为家人对她的宠爱,没有人跟她争抢。槿芳几乎没有工作过一天,没有贷款要还。事实证明她丈夫有经商天赋,家族生意越做越好。儿子出生后,婆婆来帮她做家务。我俩同属一个七人小群体,大家一起唱卡拉OK,去公园玩,或者在图书馆的开放区读诗。她是七人中最殷勤周到的人,日常聚会,她最为重视和慷慨。每次,她都从家里带做好的蛋糕、糯米团子、酒酿,如果哪天她空着手来,歌唱到一半,也会悄悄把单买了。

七人小团体,也几乎是个大社会。最年长的建设是粮食局的公务员,一心想升副处;另一个男孩丁杰刚大学毕业,在证券公司工作,经常过手成千上万的钱,却整天叫穷;个头儿最高的姑娘是明月,身段优美,酷爱京剧,上过几次电视;亚楠从苏北来省城,长着平易近人的五官,常年受到传销组织的蛊惑,不推销产品的时候,就会神情恍惚,脸上挂着迷离的笑;秀芬则是时装界达人,满脸热情,声音响亮悦耳,有自己的铺子;再就是我,年纪最小、资质最浅的上进小白领。

团体的存在向来有规律:有一个前途不可限量,有一个喜欢做主,有一个喜欢制造些矛盾,还有一个必然虚荣心过强。但这些标签都被人瓜分了,没有什么给槿芳——就连她的长相也不右不左,身材微胖,脸色微黄,有一点点结巴,但不严重,只有在紧张的时候才暴露出来。因此,她也是最没有杀伤力的人。每次见面,大家都有许多事情需要分享:建设的岳母太难缠;明月在剧团遇到劲敌,地位不保;我找到体面的工作,却发现还得租房度日……不得志的时候居多,物价太贵、邻居无礼、考研压力大……槿芳没什么话,谁开口她就看着谁,带着天生的笑意。从来没有人想起来问她的境遇,仿佛她是一幅画,静止不变。漫长的忽视之后,像要有意补偿,聚会临近尾声,总会腾出一些时间,拿她做靶子。

你现在拥有的,也许我们十年二十年都赶不上,就算到时候赶上了,你又到了更高的山头。半是调侃,半是认真。

只要第一声攻击声响起,大家就会齐刷刷地看向她,像审视隐藏在这个组织的间谍。槿芳被惊到了,连连点头,脸上挂着诚心承认错误的神情。因为大家的不如意,她的沉默和顺从都像是一种优势,她的单纯的经历令她的自卑显而易见——每一个动作都像在道歉——只有经历了那些辛苦挣扎的人才配坐在这里。十年过去了,我仍然记得她脸上怯生生的笑意,那愧疚的表情,丰腴的、肥厚的无处躲藏的手背,如果再看得仔细些,她还有丰腴白皙的脚踝和脚上擦得乌黑发亮的牛皮鞋。我记得自己一阵又一阵的怀疑:这样走运的人究竟怎么混进了我们的这个倒霉圈子!

越往里,越觉得这个客厅看上去有两个大——事实也的确如此。两户房屋中间的墙壁被去掉,使之成为一个整体。墙面都贴着墙砖,墙砖闪着隐隐绰绰的寒光,但是令人感觉不到冷。

从两扇落地窗投进来的冬天下午冷冷的阳光照在一幅油画上。一艘大船乘风破浪,船的舷侧,是白色的浪花,在它的前方,是蔚蓝的天空连着地平线。

硬邦邦的地板很光滑,没有划痕,也没摆杂物,你不会相信里面住着两个三到五岁的小孩。回忆的闸门全面开启:这正是她——酷爱整洁,喜欢色彩简单,外加缺少点审美能力的老朋友。窗户外装着铁栅栏,这熟悉的感觉让我更加安心。站在她指的沙发边,我不太想坐下。我现在所求的就是能跟她坐下来说几句体己话,像过去那样,把孩子交到婆婆手上,我们通宵达旦地聊天。为了这个愿望,我千里迢迢而来,把先生一个人留在旅馆里,并且决定今晚留宿槿芳家。

槿芳招呼小女儿离她近些,遭到拒绝后,她的目光跟着孩子在房间里移动。视线扫过我的脸,但没有多停留。

有一天,我在约定的时间赶到相聚的地点时,情势发生了转变。槿芳坐在椅子里,其余五个人团团围住她。那五个弯着腰的身躯,就像五片张开的花瓣,而槿芳就像花朵中间的那一个小小的花蕊。紧紧向她倾着身体的五个人,像是要抗击即将到来的暴风雨。我自然也扑将过去,但是心里明白,如果是人命关天的事，就不会坐在酒楼的包间里。

原来程健出轨了。这个故事在我到来之前已经讲完，现在又复述一遍：槿芳无意中打开家里的电脑，将她先生和一位不知道什么来头的姑娘的风流故事尽收眼底，不仅有聊天情话，还有赤裸的照片。

是不是还偷偷摸摸接电话？

是的是的。

是不是不再往家里拿钱？

钱他倒是拿的。她犹豫地回答。

哼，秀芬说，告诉你哥哥，给他点颜色。

我哥哥现在管不了他，他们已经平起平坐了。

离！明月是完美主义者，眼里容不下沙子。

婚怎么能随便离，没有工作，还有个孩子。准处长老成世故，他不轻易发言。听闻此言，槿芳警惕地直了直腰，脖子向前倾，眼睛并不看谁，两只手在膝盖上摩挲。

程健我见过一次。他的胳膊、腿和腰都很粗，是那种受过苦却超越了苦的人。他的脸上始终有一种打败了什么东西的自得。虽然年纪轻轻就经商，他却并不善谈，尤其不喜欢在家里讨论工作。要是有人问问他最近的利润、市场份额什么的，他会停顿片刻，慢条斯理地说，人为财死，鸟为食亡。像是标准答案，然后抿住嘴，表示再无补充。别的话题，他也不太有兴趣，诸如天气、食物、旅游。只要吃饱了，他就能睡着。一天睡足十二个小时，剩下的十二个小时才算是活着啊。他诚心热爱睡眠,从来不作掩饰。

普通工人家的穷小子,不想想靠谁才麻雀变凤凰,陈世美!

服务员老是进来上菜。门一推,所有人都心照不宣地沉默下来。打火机点亮炉火的一刻,火花映照着槿芳的脸,她的面色发生了奇异的变化,好像是痛苦,也好像是思考,柔弱却又深沉。我们的指责和批判断断续续,也不至于完全没贡献,至少一字排开,形成了她坚实的后盾。愤怒之后是疲倦,气氛仍旧很低沉。因为槿芳的不幸,大家变慷慨了,点了青椒大鱼头和龙虾,却都没有好意思放开吃,吃得太多如同另一种背叛。

后来屋外下了雨,饭店落地窗上的雨点,一行追着一行往下淌。

饭店要打烊的时候,问题也没有解决,但是,槿芳走到服务台,不知道谁已经偷偷结过账了。槿芳茫然地转身看着大家,过去的某些东西骤然消失了。

槿芳婆婆走出来,笑着跟我打了招呼。之前我见过她。她围一条某个豆油厂家赠送的围裙,撸着裤管,有一种出自田间地头的大嗓门儿。她打了招呼又笑了一笑,之后房间里充盈着回声。

婆婆在家里待得太久,槿芳跟她的关系不怎么好,有一段时间相当糟。我完全能理解。婆婆太管事,也太小气。有一次槿芳送给我一块布料，是程健从埃塞俄比亚带回来的。我们站在门口推推搡搡，她婆婆靠在阳台上，死死地盯着那块布，脸色很难看。槿芳太坚持了——其实我是真心不想要，那料子是灰色的丝绒，非洲那阵子流行的料子，我嫌老气，可最终还是无法拒绝这心意。

婆婆问槿芳晚饭是不是现在准备。槿芳说，对，现在做。

这时，孩子们开始往厨房跑。我们自然地跟着孩子们进了厨房。厨房里很热乎，有一股腌菜的味道。孩子们闻惯了似的不在意，尖叫声盖过锅里炖汤翻滚的声音。一张长长的台面上堆着洗好的葡萄和甜瓜。槿芳移出板凳让我坐。

别客气，你吃。

槿芳没有陪我坐下来，而是忙着从冰箱里往外拿冷冻的海鲜。她拿出一袋虾，又在冰箱里摸索——是我喜欢吃的梅干菜。她把它们放到水池里浸上水，准备待会儿炒。

吃啊，她说着，一并把点心和水果往我面前推，吃啊！

我几乎眼巴巴地看着她，期盼快点绕过寒暄，像过去那样敞开心扉。她终于坐到我对面，招呼小女儿坐到自己的大腿上，喂她吃水果。小女孩好奇地打量陌生人，她的眼珠机敏地转动，她在思考，似乎想搞清楚我的来路。

我料不到她仍然和婆婆一起生活，更料不到她儿子上寄宿学校了，家里又多出两个这么小的。以我的理解，对婚姻生活充满信心以及经济生活优渥的人才敢这么接二连三地生，不过也难说。

她殷切地看着我吃。她婆婆在跟她抱怨猪肉涨价。她不以为然地轻笑一声，算是回应。这声轻笑很快被覆盖，是熟悉的感觉——每当她抱怨婆婆时，总会佐以这样的轻笑。她是一个温婉的人，即使在她最痛苦的时候，一旦置身人群，这样的微笑也会一直保持在她脸上。我只想和她单独相处。我希望她对婆婆说，帮我看一下孩子，我们出去喝茶。她没有，就那么懒懒地坐着。孩子们到底跑开了。厨房墙面砖是哑光的，质地坚硬，条纹清晰，她保持着这个姿势，砖面的幽光很快笼罩着她。她像一个油画人物，已经坐得过久，极度疲倦，却还能永久保持不变。

　　就在我有点按捺不住的时候，她动了一下，把头凑过来，告诉你一件事。

　　我一阵激动。拘谨终于过去了，是那久违的即将分享秘密的表情。

　　我家老三花生过敏，你能想象吗？她竟然一粒花生都不能吃。

　　别人的情感问题，就像大洋彼岸的瘟疫，听着可怕，不还隔着汪洋大海吗？何况，我和槿芳，当时并不算特别亲密。聚会第二天，我沉浸在做不完的工作中，意外接到她的电话。她在我们写字楼外面，我溜下来跟她在后门见面。我以为她会跟我抱怨她丈夫的出轨，或者需要我做点什么，结果她谈了她小时候。她说她长大的地方有一个庙，庙里有一个观音娘娘,白脸红唇,整天坐在那里,前面放着核桃、米,米上插着一炷炷烧了半截的香。不管人家来求什么事,观音娘娘都听着,不吭声。我老是担心哪天一来她想站起来跑掉。槿芳说,现在那地方竟然变成旅游景点了。

观音娘娘还在吗?

还在。她的声音发颤。观音娘娘被供在桌上,年复一年地被跪拜,好像使她透不过气。

她变得非常健谈。她告诉我不喜欢自己现在住的别墅,她喜欢住在公寓里。

为什么?

因为没有多余的地方放那么多的杂物,也没有那么多的灰,还可以理直气壮地避免太多的亲戚来往。他们家的亲戚真多,隔三岔五就来,穿着很脏的鞋子走来走去,随地吐痰。

那天天色阴沉,时不时有一束光冷不丁一闪。她的脸在昏暗的楼底下,略显浮肿,可是嘴角又似乎想保持住一抹富有特色的笑意。

昨晚的雨好像惊醒了似的又开始下。不一会儿,水泥地面被浸得滑溜溜的。雨点打在她脸上,她毫不察觉。写字楼外放着一个巨型垃圾桶,桶口的油布敞开着,清洁工把刚从楼里扫出来的脏东西往里倒。苍蝇趁机蜂拥而至。她吃惊地说,这地方也这么脏!

哪里都脏。我说。

她剪了短发,露出整张脸,她咬住下唇,这样一来,她脸上那惯常的、带着淡淡抱歉微笑的表情不见了。痛苦是如此一览无余——比昨天晚上坐在饭店里的样子更加痛苦。在饭店里的痛苦,是浮在空气中的;现在的她,像拿掉了嘴角的道具,把隐藏得很深的痛苦全部暴露出来。她整个人看上去蔫巴巴的,像在很冷的低温里冻过好一阵子。

啊,你受到的打击多大啊。我轻轻扶住她的肩膀,诚心诚意地说。

我的安抚起到了作用。她看着我的眼睛,鼓足了勇气,用一种不管不顾的口吻说,那不是真的。

什么?

我并没有逮到他出轨,那是我编的。

为什么?眼前好像有一团迷雾,我眨巴眨巴眼睛,不知所措。

那些都是我梦到的场景,也是我希望发生的事情。

我没来得及问,她自顾自地说了下去——

从恋爱到结婚,我的感觉都非常好,我对生活很满意。但是一切都结束在一天夜里。那是我儿子出生不久,我半夜开灯给孩子喂奶,我看到他爸爸蜷缩着身体睡在另一侧。他喜欢裸睡,天气热,被子被掀在一旁。他蜷着身子,身上的肉叠加在一起,张着嘴,他打鼾的声音像是喉咙里堵着什么脏东西吐不出来,呼哧呼哧地喘……简直没有人的样子,像个去了壳的象拔蚌!他一直那样睡,可引起我的不适和反感还是头一次。可能因为我那天中午刚刚吃了海鲜，一阵恶心！我当时以为自己出现了幻觉，赶紧闭上眼睛，等我睁开眼的时候，他还是一只去了壳的象拔蚌。我只好跑到卫生间，趴在抽水马桶前，一直干呕，像吃了死了七天的鸡。不知道过了多久，我想站起来，可是腿软了，又跌在地上……

我刚认识他的时候，他大大方方，衣着得体，一点也不臃肿，嘴里充满着甜言蜜语，更没有像现在这样缩成一团，发出丑陋的声音。我永远记得从那嘴里说出来的甜言蜜语：端庄、可爱、怦然心动、神魂颠倒、永不离弃……这些字眼儿太美好了，很短时间内就灌满了我的脑子。

我被这些形容词迷住了。我以为我爱他，还以为甜言蜜语就是他身上的一部分。可现在，我明白，我当初看到的不是他真实的样子，是他想让我看到的样子；我爱的，不是他，是爱情，是他打扮成爱情的样子蛊惑了我……我是多么傻啊，更可怕的是这么快又如梦初醒。

我不过是夜里起来给孩子喂了个奶，可现在一切呼啸着倾倒下来，像一辆载满垃圾的车从山坡上往下翻滚，在地面上撞出了一个黑洞，还顺便击穿了我的梦，造成脑震荡。"恶心想吐"不是形容词。从那天起，一看到他裸着身子睡在那里，我就会一阵恶心，想呕吐。他只要贴过来，我就感到害怕，只有早上他离开家去上班，我才好受一点，可是一到天快黑了，想着他又要回来，我又开始厌恶。我就在这种情绪里打转，一直到今天，都没有丝毫好转的迹象。

我家里人一开始不接受他，为了我都在努力喜欢他，到孩子出世的时候，大家都真的开始喜欢他了。他们都承认我有眼光，我却像个逃兵一样朝相反的方向去了……

她语速飞快，字句零零碎碎，睫毛频频闪动，拍打着眼前的空气，带着一种火烧火燎的急迫，就像手上拿着无法还原的魔方。属于她特有的那唇角的笑意彻底被遮蔽了。

我听着她的话，看着大楼和大楼之间的缝隙，那里留有一块自然白。光从那里照耀。光退后了。

我总是对自己说，再等一段时间，可能会好起来的。这么一天天的，四年多了到现在，并没有。我都快要疯了。我心头的空虚越来越重，像有把锯子一样锯着我的心。

这正是她想说的意思：爱的感觉攥住了她，爱的感觉又突然离开了。她憋闷、无助，忍受煎熬，每一天。知道我在认真听，她放低声音——

你瞧，就是这个鬼样子。我也觉得自己很奇怪。有一天，我在喂孩子吃饭。我突然停了下来，盯着阳台，突然想抱着孩子跳下去。我都把孩子的腿放外面了，孩子哭了起来。他那么小，已经晓得害怕了。他拽住窗沿，尖叫着喊我。我才清醒了一点，把他抱了回来。

我婆婆要来和我一起住，他可能感觉到了些什么。他不找我谈，他不改变他自己，他安排了他妈妈来和我一起住，他怕麻烦。他一进门就想去卧室，一进卧室就想上床，头一沾上枕头就能睡着，机关枪也扫不醒他……我越想越生气。他知道我不高兴，还经常喊我父母过来吃饭，这样我的家里每天就热热闹闹挤满了人，我们夹在亲戚中间，一直要朝人笑……

绝望的火苗在她的眉梢蔓延。厌恶生活，形容这种厌恶已经把她自己折磨坏了。那时候天上还有云，云像看热闹的孩子，一会儿挪一个位置。有个少年在路牙边玩滑板，他不敢去有车的地方，只好沿着垃圾桶转圈圈，绕啊绕，发出嘎吱嘎吱的声响，生硬、刺耳，又找不到进步的诀窍。

离吧。我看着她的眼睛诚心诚意地说。

可是他没有出轨。要是他做了对不起我的事，我就能大大方方地提出来离婚。不然的话，我的娘家人都会责备我的。以死相逼过呀！现在见到他想吐的也是我……这才几年？到老还早呢！我希望他快点变心，抛弃我，至少有人同情我……不然，就算家里人同意了，离成了，旁人也会轻视和怠慢我，怪我不珍惜。

阴冷难熬的午时，听到钟楼的钟声响起。复杂的情绪在扩散，刚刚她像是快要发泄完了，现在声音又提高，再次把她自己带到顶部。她打了个寒战。

我的儿子会判给他！穷人才不争儿子。他有实力，我试探过。他如果娶了年轻漂亮的小姑娘，以他那样的本事，一睡能睡十二个钟头，儿子当他的面被打死他也不会醒！我告诉你，每年都有许多小孩死在你不知道的时候，你看看网上那些视频,推车还在妈妈手上,孩子没了……

　　她说不下去了。她抵在墙上,快要虚脱了。她的手捂住脸,我看到她略微有些肥厚的手背。说到底,她的生活是好的,男人也是她自己挑选的。问题就在这里。她自己挑选的对象。她竭力争取来的生活。

　　像昨晚一样,什么问题也没解决,我们各自回家。这么私下见面,此前从来没有发生过,最少的时候,也是四个人一起吃饭。现在,我被她挑选出来作为最信任的对象,属于我们自己的秘密正式开始。我有种本能的受宠若惊,竭力想要表现出自己值得的模样,但我脑子里一团糨糊,我并不确定自己足够理解她。

　　不一会儿,我身后站着另一个色彩鲜艳的老年女人。她白发苍苍,头顶空旷,左顾右盼,咧着嘴,没有门牙。我站起来向她问好,用眼神询问我的朋友,想知道她的身份。对方竟然是槿芳的外婆。她带着调皮的眼色站在我朋友的婆婆身边,问我,我俩谁高?

　　我给出了她更高一些的答复后,她咧开嘴,笑得更欢了。老人穿着红色的夹袄,衣服的下摆透着明亮。

　　我跟槿芳说,你外婆真调皮。我当时以为她是程健的外婆。结果她纠正我说,她是我亲外婆。

　　啊,你的外婆还健在！我在心里责备说,怎么从来没有听槿芳提起过?

九十二!觉得我在计算她的年龄,她伸出手指比画了两下。

老人走钢丝一样小心地走到灶台边,伸手去撕包心菜。她手背上的老年斑层层叠叠,五指也伸不直,但是,她认真地撕着包菜,郑重其事。不一会儿,整张台子上竟然被各种菜肴堆满了。

我再三询问,我可以帮忙吗?

不用,槿芳说,我弟弟一家也会过来吃饭。

我们就干坐在长凳上。老年人在聊天,谁在昨晚的广场上扭伤了脚,谁家的狗没打预防针,谁的孙子在市里得了大奖……都是我不认识的人,我别过脸,深呼一口气。

再次聚会的时候,情势发生了显而易见的变化。"被背叛"增加了槿芳的分量。她已经没有优越可以指责。对于饭桌上的话题,她也积极发言了。丁杰帮她开了户头,她投了些钱进来。大家没说出口,但都有帮她的将来做打算的意思。她接受了。在买哪只股票上,她也发表了意见,结果证明她买对了。那阵子,她提出了不少对股票市场的看法。她变得亲近了。好像出轨的丈夫就是她的缺陷,因为她在一群"残疾人"跟前,这个缺陷使她变得平等和亲切了,这痛苦使她生动了。

这群烦恼不堪的小群体现在多了一门功课,用聚会时长的七分之一来解决槿芳的问题:她丈夫这个星期有没有什么迹象?

更过分,有两个晚上没有回来过夜。说到这里,她扭扭捏捏地抽着鼻子,泪水滑过面颊。大家的愤怒指责顿时响成一片,新的建议和主意一个接一个出炉。她点头,同意,再点头,再同意,全盘接受。她对我和她私下见面的事闭口不谈。有时候我人不了戏:这明明是一个圈套,这些朋友全被套进去了。看我发呆,她向我投来意味深长的一瞥,这个时候,她那强颜欢笑的表情会消失一会儿,她对着我抿紧自己的嘴,露出真实的痛苦。她虚构得越离谱,痛苦却越真实。有时故事里自相矛盾,比如"夜不归宿"和"长睡不醒",她甚至不害怕被谁戳穿。她知道这些人不会深究,也帮不上实质的忙,但这对她足够了。

我试着理解她这个角色的使命:既然大家都追求顺风和如意,她就得有点小小的挫折,否则就是对朋友的背叛。她在呼唤平等的友情。

此后的一年多时间,我们都再也没有去过她的家,也再无人见过程健,关于他的所有信息都由槿芳描述。我俩单独见面,探讨如何拿到程健出轨的证据——虽然之前的细节和时间、地点都是编造的,但她确信这是迟早的事。

我哥哥在外面有一个女的。她说。她哥哥经常给穷困山区捐款,但搞起外遇来昏头昏脑,不顾体面。他带着年轻的女友去国外度假,给那女孩买车,任由她打着他的旗号到处招摇炫耀。

我们全家都知道,只有我嫂子完全不知情。她说,他在外面搞鬼,我老公帮他打掩护。有这种事的时候,他俩才是亲兄弟。

他们是一样的货色,一丘之貉。

这个理由增加了她的决绝。她的身体反应加大了。她撩起衣服,手臂和腰上都有大块的红点和五指挠过的痕迹。她说他一回家,她就浑身发痒,他一上班,又会好一点。

你看,有一天我会全身腐烂而死。她展示她的伤口,哽咽不已。

有天傍晚我们约好下班后去逛百货大楼。过天桥的时候,看到一个中年妇女在一个小饭馆门口揪着一个年轻姑娘的头发使劲捶。那姑娘竟然一声不吭地垂着头。旁边一个老太太在现场解说,小三,小三!行人来了兴致,停下来看。嗒,逮小三!老太太召集到十来个围观者之后,精神大振,也上去不顾三七二十一地扇耳光。中年妇女腾出手,撕开了年轻姑娘的衣领,姑娘露出瘦削的肩胛骨。有人嫌不过瘾,直呼"撕,撕",那衣领竟然应声而破,姑娘露出粉色的胸衣。围观者发出满意的嘘声,好像是他们按了播放键。那个衣衫褴褛的姑娘终于被摁倒在地,裤子也被扒到膝盖。她好不容易才翻过身,蜷缩住,佝偻成一团,任凭拳头雨点般地落到头上、脸上和胸口,不作反抗,紧紧护住隐私部位。

那被打的姑娘自始至终都没有呼救和哭喊。倒是那打人的女人,打着打着突然号啕大哭,她的五官张向四周,像被无形的绳索扯着。

槿芳说，我绝对不会在街上打小三，扒人家裤子。

他可能永远也不会让我逮到。她绝望地说。

但她相信别人可以做到的她也可以。那天之后，她积极寻找程健出轨的证据。她像一只敏锐的猎豹，四处搜寻猎物的踪迹，不放过一点点线索。而我，是她最信得过的帮手。

有一次我们摸到一家KTV，站在一个包间门口向里窥探。一个面色绯红的男人在吼唱，还有一个老头儿抱着一个姑娘在跳舞。他们一进一退，然后转个小圈，摇晃着身躯。沙发上也坐着衣着暴露的姑娘，她们和男人们搂搂抱抱。程健也在。遗憾的是，他一个人倒在角落里张着嘴呼呼大睡。

KTV的小弟过来一边撵我走，一边对着对讲机说话。槿芳露出大失所望的表情。她准备了充满电的手机打算录像，也准备了拨电话给母亲时的眼泪和台词，结果她只是看到一个没有剥壳的象拔蚌躺在震耳欲聋的KTV包厢里睡着了。

还有一次他说去出差。她说这一次不会扑空，因为她看到了他在药店里买东西的收据。发票是手写的，没写药品名，绝对是避孕套！我也被感染了。我们包了辆面包车一直跟踪到他说的旅馆里，在前台套到了他入住的房间信息，然后就守在大堂里。但是再没有进展。他一个人入住，晚饭也没吃,第二天早上又一个人退房,退房时还给槿芳打了电话。我们跟上了他去车站的出租车。候车室里人声鼎沸,他伸直腿在椅子上眯了一觉,震耳欲聋的检票广播竟然没吵醒他,他赶在闸门关闭的最后一分钟,慌里慌张地往站台下冲。现在,我同意槿芳的说法,他是一只丑陋的象拔蚌,却无法朝他发火。她挑衅过,用的是拙劣的借口,惹他不高兴,恨不得让他动手打她,但他抵御住动手的冲动,绷着脸走到另一个房间。整个婚姻生活里,他保持住裸睡的习惯,以及不向女人动手的品德。

回来的路上,我们都相当沮丧。夕阳在身侧向后飘移,被速度逼得尖叫的风一直鼓动耳膜。我们的目光顺着车窗向上看,天慢慢黑下来,到了白天和黑夜之间,像一个虚幻的梦境。快到家的时候,她开了一点车窗,风在头顶呜呜咽咽。自行车从车边滑过,红绿灯闪烁。洗发店的音乐声咚咚传来。我们都特别灰心绝望:谋杀,偷窃,在大街上光屁股,酒后驾车,所有人的兴趣都在房子上,街边全是无家可归的狗,可是这些罪责都不能赖到程健头上。真是怪事一桩。

那次之后,交往了两年多的男朋友向我求婚,求婚现场不浪漫,但能接受,他给我买了钻戒。可是我犹豫不决,好像并不知道自己想要什么,好像帮槿芳找到证据才是我的任务,好像我是为了找证据而活,又好像没有别的事情更值得做。我想撒手不管,可又无事可做。婚期订好了,我却一直在想槿芳形容的剥了壳的象拔蚌。我的性格变得敏感多疑,做事拖拖拉拉,婚礼一再推迟,最终与男朋友闹僵了,分手了事。

果不其然,一会儿,砰砰的敲门声传来。我弟弟来了!槿芳说。门一开,一阵狗叫声同时传来。是拉布拉多。槿芳说,我邻居的狗,关在院子里,还有一只贵宾犬,它们那样叫,就是在吸引我女儿的注意力。它们的主人一出差就把它们寄养在我家,我女儿可喜欢了。可我坚持不养狗,动了感情分不开,它们短命。女孩子们也听到了,她们挤过来,从妈妈的腿边往外闯,非要出去跟狗狗打招呼。槿芳不许,说外面冷。她们哭了起来。婷婷明显是假哭,她的脖子往上仰, 提高音量来掩饰虚假的伤心——她知道怎么让槿芳妥协。果然,婆婆放下厨房里的活儿,五指油腻腻的,过来用手背揩孙女脸上的泪痕,向儿媳说情,让她带过去看个十分钟就回来,省得孙女把嗓子哭哑了。槿芳苦笑着看了我一眼,你看,这就是我为什么把儿子送去寄宿,不管怎么教育他,他奶奶总会唱对台戏。

一个三十多岁的男子出现在门口,贴在门框边,让孩子们和奶奶先出去。除了发黄的皮肤,脸型也和槿芳很像。他和我随便打了个招呼后,就径直往厨房去,二话不说,卷起袖子开始烧菜。他烧的第一个菜竟然是红烧猪蹄。这道菜,可是技术活儿,不是烧烂了就好吃。他先将猪蹄冷水下锅焯水,捞起洗净,热锅温油下入冰糖炒出糖色。他的手法娴熟,简洁明快,像是重复做过千百遍。

接着做剁椒鱼头:红辣椒切丁, 姜切丝, 蒜一瓣瓣剥好。他对蒸鱼豉油有点不满意,闻了闻,又蘸了点到嘴里尝了一下,摇摇头。

这东西要到进口超市买,国内的都是假的。

楼下的人家就可以自己在后院种韭菜, 割了长, 长了割,永无止境。他的这个成语把外婆逗笑了。

种香菜。外婆说,香菜的味道我是永远也闻不厌的。

吃多了不好。槿芳说。

做鱼头没有香菜,都不好意思端上桌。婆婆又把孩子带回来了。孩子们扑到槿芳怀里,又亲又拽。

油烟的味道开始弥漫,有一阵子我头疼脑涨,但没有人准备带我离开厨房,甚至没人试着了解我能不能闻这么重的油烟味!

瞧,楼下张老师回来了。婆婆从窗口往外看,有人说她昨天被学生家长打了,我怎么没看到伤。

一个人住就是这样凄惨,外婆说,看到别人四代同堂,嫉妒得不跟我打招呼,不止一次,见到我就躲。

她充满慈悲的态度使其他人不明就里,也都挤向窗口。他们抻长脖子向窗外凝望了很长时间,我也情不自禁地向窗外看去。一个秃头男人在花坛边抽烟,把烟灰弹在花枝上。一个拾荒的老奶奶,把一个矿泉水瓶子捏成一团。她用瓶子抵住胸口,一阵塑料的撕裂声后,瓶子变成拳头大小,进了她的塑料袋,那里面还有一些纸盒子。外婆提到的张老师,无影无踪。

终于,我们各自回到原位。

我们的小团体终于解体。不是突然,而是渐渐的,以不易觉察的速度。第一个退出的是建设,他升迁了,应酬太多,规矩也多,不得不一再爽约。差不多同时,秀芬的业务做大,到别的城市开分店去了。剩下的几人也都各自忙碌,有时不得不两个多月才能坐下来吃一顿饭。大家若无其事地聊天,对离别和变迁熟视无睹,只有槿芳,照常带七人份的点心,等待别人问起她的婚姻。不幸福,痛苦。她始终做着这个样子,事实上痛苦已经从她身上的各处往外泄露,不需要表演了。她显得魂不守舍,有时一直望着天花板出神,有时看着正在说话的谁,等到声音停下来,她忙不迭地说,嗯,是的呢。思绪像从一口井掉进另一口井。

没有细节可供质询,她变得可疑,大家开始怀疑她的丈夫已经回心转意,而她为了博取同情不肯告诉真相。不过,也有其他的意见:槿芳拥有我们毕生奋斗也难以获得的东西——每天睡到自然醒,不用担心被炒鱿鱼,不操心装修房子,娘家人对她的选择很满意……这是她的财富,如今也是枷锁。人想要没有拥有过的,但更舍不得放下属于自己的。手机越来越重要,所有人的注意力都在分散,不是各自刷朋友圈,就是讨论偶像剧的狗血剧情。的确,她的故事过时了,毫无新鲜感。聚会越来越无聊。

但槿芳和我私下见面的习惯保持了下来。

我全想好了,我要为自己年轻时的冲动负责任。我会主动提出来离婚。我要自己开一个店,就做这些小吃。我做的小吃不是很受欢迎吗?租一个房子装修一下,谁不需要好吃的东西呢?头半年可能比较难,后面肯定能赚钱。孩子我也要全力争取。一旦有了钱,我就带着他躲起来。他跟着我,好过跟他爸爸。

就这么办,事情只会越来越好。

她被自己的话语鼓舞了似的开朗起来。她的表情丰富起来。她变得更有勇气,像是被逼急了。

他就等着吧。我今天晚上就会提出来。

我已经懒得发表意见,因为无论我说什么,她最终还是会像昨天一样熬过今天。

不过,这人不好对付,做生意的手段一套一套的,我哥哥都拿不住他。要是他跟我哥哥翻脸,把生意搅黄了,我哥哥会不会怪我?

她说完,把手缩到桌子底下,如同接受总经理面试一样。也许比那更复杂一点。她的自信像阳光下的雾气一样消散了。

她悄悄把想离婚的意愿告诉了弟弟。她得到了出乎意料的支持。当着她的面,他像我一样为她出谋划策,答应如果家里有人责备会替她说话:有十几个办法帮你把事情解决。他展现出一个男人的气魄,信誓旦旦要帮她解脱。可是分开不到十个钟头,他接电话时的腔调就变了,说她离婚的理由站不住脚,分不到什么钱,也得不到儿子的抚养权。如果是女儿,法院会判给你;如果有证据表明对方有过错,法院也会判给你。

槿芳猜测,弟弟反悔,出卖了她,现在家里人看她的眼神都不对了。每一个人的每一句话都充满着隐喻和旁敲侧击的暗示。

如此一来,她又犹豫了。

或者,如果我能找到一个全心全意爱我的人跟我一起战斗,就没什么可怕的了。像在菜市场买菜,她向自己讨价还价。

她儿子上小学之后,我开始躲避她。有一阵子,我失业在家,却没有接到她的电话。再见到她的时候,她完全变了样。涂了口红,自然的笑意完全消失,身体在发胖,但是她的精神状态很好。

她试图转移注意力,任由自己陷入一场网恋当中。她把其中一人发展成了现实。

他们约在公园见面,以防对方是个变态。他们坐在草地上吃了快餐店里买的卤肉、海带和豆腐干,喝啤酒。那天太阳非常大,对方也是第一次见网友,而且抱着要做点什么的目的。他们都很紧张,直到晒得头昏脑涨才意识到应该找个阴凉的地方避一避。好不容易找到了一个凉亭,那个年轻的网友张着嘴,在耀眼的太阳下眯着眼睛,那一刻,竟然像她睡着了的丈夫。

她有点气急败坏地起身就走。

她在心里暗暗把"谈得来"和"骨瘦如柴"作为绝对的见面理由,不久,她如愿以偿见到了一个瘦高个儿。他们在咖啡馆并排坐着,感觉相互之间很和谐。咖啡的热气在眼前氤氲,那个男的伸手去搅拌面前的杯子,手像一只劣质的塑料爪子。他喝咖啡发出哧溜的声响,使她头皮发麻。他屁股太瘦,坐在硬椅上硌得慌,不舒服的时候就扭一下腰,伸一下腿。脚踝从牛仔裤里伸出来,像儿子美术课上的小山丘。窗外正在下雨,雨水打在窗玻璃上,一缕缕的污迹往下流,流过的地方没有干净一点,反而变成更脏的青灰色。她克服住新的恶心。她看看他,又看看自己,真是奇怪的处境,奇怪的天气,奇怪的外遇。一种奇异的恐惧,盖过了她的忧愁。

那个人把爪子伸到她胸口。她闭着眼睛,像在做梦。这个时候已经快到冬天,她穿着丝袜,双腿冻得硬邦邦的,甚至有点麻木。她一点也不想阻挡,任凭一个陌生人占她的便宜。后来她被带到了旅馆。她第一次听到"钟点房"就是这个时候。她迷迷瞪瞪地完成了作为网友的使命,既没觉得吃亏,也没减轻对离婚的渴望。她倒是对对方的身体很满意,那么瘦的前胸和后背裸露在她的眼前,几乎没有一点肉。房间里没有空调,她都替他冷,却忘记了自己也完全赤裸,等待着被进入。她觉得他一点也不像象拔蚌。一阵冲动,她开始絮絮叨叨地说着自己的婚姻,等她清醒一点时,他已经溜了。

人跟人是不一样,但不是好与坏的区别,就是一片树叶和另一片树叶的区别,没什么意义。她断断续续地把这些事告诉我。

这次尝试,更加败坏了她的胃口。她的脾气变得暴躁,面色发黄,眼睛下面像挂着两个创可贴。倒不见瘦,却更像被遗弃的怨妇。

晚餐比我想象的丰富得多,人也比我预期的要多得多,弟媳妇带着侄子也加入进来。弟弟把房子买在和姐姐同一个小区不无缘故。他们几乎可以每天吃在一起。槿芳采买,弟弟掌勺,皆大欢喜。

无论如何,这顿饭跟我设想的完全不一样。我的窘迫一目了然,其他人也好不到哪里去。陌生人在场把一切都变得矜持了。九十二岁的外婆,喝着菜汤,一直留意脸上有没有沾到什么。槿芳的弟弟倒是很活络,他最近迷上了创新菜谱,一直默默观察大家夹菜的频率。他很在意每个人是不是真心喜欢,以便让他有勇气拍照发朋友圈。

只要你买到好的牛腩,弟弟说,明天没什么要紧事,我可以做正宗的罗宋汤。他目不转睛地看着槿芳,等她的答复，仿佛在等彩票中奖。槿芳嗯了一声作为肯定的回答。喝汤声一片，谈话声被隐去了。

他们谈春节聚会。哎哟，漂亮的衣服，电影院，去足疗店，有小鱼吃你脚上的死皮。

孩子们坐不踏实，吃一口就下去玩上一会儿，还时不时从房间里搬出来一个玩具，边玩边吃。一只调羹从桌沿掉下去，在地面上颠了几颠，最后被孩子抓住放回桌面上。老三——她似乎还没有大名——俊俏的小嘴嘟起来，发出清脆的笑声。槿芳时不时转头看着她微笑——不是往年那挂在脸上淡淡的带着歉意的微笑，而是厚厚的笑意，笑得很开，像一个人决定要把所有的筹码放到一个转盘上，做好了赢不赢都继续赌的准备，有一种不管不顾的豁达。

下个星期婷婷要办生日聚会。舅舅会亲自做蛋糕。余下的时间，他们就蛋糕的选材商讨了好久。

终于，所有人都放下了碗筷。槿芳站起身子，理了理被压皱的裙摆，我想这会儿孩子们一定会被奶奶带出去，留下一点时间给我和槿芳。但是，老三走向妈妈，拿来她的画，上面一条绿色的带子从底部爬到顶部，沾了一粒米饭，树干是红色的，旁边有一条三角形的狗。槿芳抻长脖子，柔和地亲了上去，大力地夸奖，像她婆婆一样的音量。

突然之间，我承认，不见了——我俩之间的某种东西被这房子吞噬了。我吞了一下口水，开始正视自己的失望，不再纠结。

类似的事情后来又发生过几次。"厌恶婚姻"像一层薄纱,盖住了她的羞耻感。粗犷野蛮的网络爱情让她变得深沉了。她挣扎着,她怀着幻想,她觉得快了。越来越多的坏男人把她镇住了,她不再提"离婚"两个字。在她心里,气球已经吹大,就等着爆炸。也可以不爆炸,离不离婚无所谓的。那一段时间,她变得相当有耐心,一点也不情绪化,专心照料了一阵儿子,纠正婆婆带给儿子的坏影响。比如占幼儿园同学的便宜,打小报告,拼命吃东西——经历了饥饿年代的人的典型特征,婆婆对吃东西抱有无与伦比的热情,她儿子差不多就是小胖子了。槿芳带他去游泳,管束他的晚饭。三年级的时候,这孩子的体重降了下来,身高长了上去。她沉湎于此,走起路来风风火火,像是驱散自己脑子里的执念,甚至去超市打过几个月工。她挣来的钱跟丈夫比起来实在太少了,这种比较使她丧失了继续辛苦的动力。

她对我毫无隐瞒,但我已经不把这当成我的荣幸,我开始觉得厌烦。她的脸上又恢复了过去那种礼貌的、略带歉意的微笑,又能平平静静地听我的抱怨:我在最佳适婚年纪被求婚,莫名其妙丢了工作和男朋友。现在,她不再是那个整天幻想离婚的倒霉蛋,我才是。她仍然是那个只要她愿意,能随时活得比我好,比我更有资格对他人表示歉意的富家女。

无论如何,她的厌恶、挣扎和失魂落魄已经给我造成了巨大的困扰。我暗下决心：我要远走高飞。如果我不离开这个城市，就无法斩断她对我的影响。不离开她，我最后肯定会像她一样，成为困兽在原地转圈。我已经开始怨恨她了。

分别前的最后一次见面竟是站在医院门口。那时候我才意识到医院里早就人满为患，出租车、私家车根本找不到车位。

她刚刚从医院出来。她露出难得的喜气洋洋的脸，她被诊断为"产后抑郁症"。

小孩九岁之后？我心里算的是自己的年纪：快三十了。

对，一直没有发现，耽搁了。她的气色很好，脖子里湿漉漉的是闪亮的汗珠。脸像是被什么高科技仪器好好洗了一遍，从里到外有了一种洁净的感觉。

她抖动着手里的病历，指着那根本无法辨认的字体说，你看，你看。好像里面有一切幸福的秘方。大大的惊喜洋溢，改变了她说话的腔调。

原来因为我病了，这一切都是病，而且能治愈。有一种药能治我的厌恶，心理医生会来帮助我，我不应该一味地等他犯错误、抛弃我什么的，那不是唯一出路。

她的眼睛里闪动着久违的凌乱的光亮。此后，她的情绪非常好，她开始幻想他坐下来听她说话，想象他频频点头，跟她一起减肥，向她道歉。不，她也会向他道歉。一切都会烟消云散。

他人不坏，他甚至从没做对不起我的事。她的声音有劫后余生的惊喜。

谢天谢地,找到了事情的根源,我们都松了一口气,紧紧拥抱在一起。

我们一起吃了顿饭。我们举起汽水,为我饯行,同时为她怀上了二胎祝福。像是用行动承认自己的错,她宣布要生下这个二胎。她形容丈夫对她好的一些细节,但没有感动我。其实我过去没觉得他多恶心,现在我也没觉得他值得重新来过。不过,到眼下,他让人恶心的印象算是无法消除了。

我去了北方,找到了新工作,交了男朋友,很快结了婚,像周围的人都在重复做的那样。但我经常想起槿芳。尽管她最后留给我的是喜气洋洋的面孔,在我的想象里,她仍然在一个接一个的冬季不停地盼望离婚。外面的北风呼啸着刮过屋檐,地上的落叶翻滚,大雪纷飞,床在象拔蚌的压迫下发出呻吟声,她睁着眼睛看着天一点点亮起来。这些记忆折磨着我。她对我的影响比我们的友谊更久长。甚至,她对婚姻的绝望已经传染了我。

如今我能体会她过去的痛苦,我越来越想念她。这是我回来的原因,我惦记她,也想为自己寻求一个答案。现在,我知道,平庸的平静的生活终于到来,她过得很好,我也能过得很好。

狗叫声再次响起。槿芳走到门口,轻声呵止。孩子们被奶奶带到浴室泡澡。狗的叫声平息之后，窗外变得空空荡荡，天空也昏白。她的拖鞋面上是潦草的图案，像什么人拿起墨汁随手那么一泼。她条件那么好，却不懂得挑好的东西。她的平庸我应该早有预料。我完全失去了说话的兴致，没有怀念，没有责备，没有沟通。我只想着尽快从这屋子里逃走。我终于明白自己为什么足足五年没有再与她相见。如今看来，她跟我在北方认识的朋友也没什么两样。

她带我走向另一间屋。整洁的床，折痕清晰，我们还有起码的默契，至少她没有开口问我会不会留下来。但我已经改变主意。

我要回旅馆。我突然说。想象一下，我丈夫开了七八个小时的车送我见过去的闺蜜，这会儿他一个人孤零零在旅馆——虽然可能也很享受，我不确定，但我确定自己无法再停留一秒钟。

她张了张嘴，想说些什么。我看清她的脸上布满雀斑，皮肤已经松弛，但是泛起红晕。我转移目光，拒绝继续观察她。

她没有挽留。很好。这让我觉得更自在一些。她陪我下楼等出租车。忘记戴帽子，出了楼道，一阵风，把她的刘海纷乱吹开，她一边裹住外套，一边去压刘海。她的样子像在被空气敲诈勒索。

我呼出一口气，体会到一种即将逃脱的莫名喜悦。

出租车需要三分钟才到。

路灯亮着，可是到处不清楚，夜雾在楼群升起，混沌一片,眼前朦朦胧胧,似是而非。

寒冷的天气,深邃的天空,四下里一片灰暗。最后的告别来临。她转过身来,离我很近,这姿态瞬间唤起我内心的暖意——她差不多恢复成五年前那个孤苦无依的挚友。就像一次急流冲锋而至,某种熟悉的情绪瞬间降临,恍惚之间,多少年的时光被压缩,我又成了她的精神依靠、倾诉对象。她瞟了我一眼,清了一下嗓子,移开目光开口说话。我先感受到她呼出的温热的气息,随后才是像法官念判决书一样庄严的一字一句:我的小女儿,跟他们不相干,完完全全不相干!

两道光迅速冲过来,车灯把死寂的花坛、褪色的隔离柱、肮脏的台阶都照得暗淡苍凉,转眼之间,光亮掠过我们的身侧,继续向前。不是来接我的车。很长时间什么也看不见。我努力睁大眼睛,来适应更加漆黑的黑夜。

顿了一顿,迎着冬夜寒风,她仰起头,像站在舞台中央,念着背好的台词:

我爱她!我爱她超过世上万物,我爱她超过爱她的哥哥姐姐和我的父母兄弟,以及剩下的一切。我愿意为她而活,也愿意为她去死。

寒冷的街边,她的眼里有光,她的声音透出一股粗鲁的倔强。这些话带着巨大的惯性,使她的牙齿开始打战。一辆出租车在我们身边停下,尖锐的刹车声骤然响起,掩盖了一切。

长 夜

这个夏天，是我在麻省首府一所大学攻读博士学位的最后时光。我的女友不久前离开了我，我退掉了原来在学校附近和她一起租的公寓房，搬到了艾尔克顿。

我和前女友是大学同窗。我是班上的学霸，而她则是侥幸录取的漂亮学渣。我们来自同一座三线城市，又同在学生会。其貌不扬的学霸被漂亮姑娘喜欢上，印证了"知识就是财富"。这个故事虽然老套，但却常常令人羡慕不已。大学毕业没多久，我们同时申请出国读研。那时我们如胶似漆，她愿意和我一起继续读书，然而只有伊利诺伊州的一所不知名的学校给了她录取通知书，所以我放弃了加州一所知名大学，选择和她去同一个城市。事实证明，这样的牺牲是完全值得的。这个大学所在的小镇人迹稀少，古老的房屋，小小的超市，物价低廉，只有在星期天的教堂里才能看到上百人聚集的情景，人们都很友好。这让我们两个从人头攒动的城市出来的人乐坏了。头两年我们尽情享受二人世界，忙碌而又甜蜜。要是听了我妈妈的话就更好了——动身来美国之前，我妈妈期期艾艾地建议，要不然先把结婚证领了再去美国读书？她知道我女友眼巴巴地盼着这一时刻。我一下看穿了妈妈的心思，对于她的提议我觉得相当于"乘人之危"。我的家境很一般，我母亲是个普通的工人。在我很小的时候，她就告诫过我，我们这样的家庭没有捷径，想要改变自己的命运，唯一能做的就是好好学习，上一个好大学。我牢记妈妈的话，一直专心读书，高中和大学本科阶段，我代表我的大学、我们市甚至我们省参加各种智力比赛，获得了不少荣誉；我的画像挂在学校的优秀校友展示厅里。我凭着成绩优异得到了一个又一个机会，甚至远远超过了母亲的预期，她对此相当自豪和满足。她心甘情愿地卖掉了外公的房子送我来美国读研。但对于结婚一事，我没有赞同母亲，我踌躇满志，相信自己将来有能力为女友办一个浪漫的婚礼，也有能力给母亲想要的一切。研究生毕业之后，我们已经爱上了这里的氛围和环境，决定留下来，当然也明白光有研究生学历，未必能找到一份好的工作，也清楚学校排名对于研究和择业的重要性。基于此，我申请在现在这所著名的大学继续攻读数学博士学位。我女友深表赞同，她随后也申请了跟我毗邻的一所学校继续学业。如果不搬来麻省也就好了——我总算见识了美国最发达的城市，这里是艺术和科学的前沿所在，既古老又崭新,世界各地的人都愿意来这里。不过,物价也比原来的地方高出一倍以上。我们租住在沿街的老公寓里,学业繁重加上生活成本激增,目前而言,我的前途还不明朗,结婚的计划再次被搁浅。我每天去图书馆查资料,做研究。我的女友通常都能照顾好自己,晚上回来的时候,餐桌上摆好简单的晚餐。来麻省之后,我发现女友所在的学校华人数目惊人,我于是常常听到她感叹中国同学的慷慨。她们班有一位留学生喜欢在高级公寓打游戏,因为房子不隔音招来许多投诉,为了避免麻烦,他竟然把左右邻居的房子全部租下来,邀请喜欢游戏的同学免费去玩,既有了同好,又避免了邻居的投诉和抱怨。还有其他许多挥金如土的小故事,不时会在我们的餐桌上提起。但真正的理想生活图景却渐渐在我心里形成:用体面的成绩在大学拿到一份教职或者在某个研究所建立研究团队,三十岁之前办一场浪漫的婚礼,四十岁前生两个孩子,养一条狗;平常好好工作,周末的时候,全家开车去海边拣拣贝壳,打打水仗,实在是幸福之至。总而言之,就是努力在新的国家用自己的智慧和勤劳勇敢地开疆辟壤!不幸的是,两个月前,我的女友离开了我。我们在麻省的三年多时间里,她一共提过三次分手,但我一次也没有当真,直到她给我看她回国的机票,我才明白一切都结束了。这个打击深重,以至于我很长时间无法正常思考。女友离开时,我的公寓租约还没有到期,可是,每天看到我们共同去过的街区、比萨店和健身房,每次想到我俩共同经历的那些时光,都令我异常烦躁,以至于长时间陷在失望和沮丧之中。痛苦留在了我的脸上,我已经留意到自己不知不觉皱起眉头,一副百思不得其解的表情。在我未来几十年的人生规划里,一直都有她的一席之地。我深信自己一定是犯了什么难以原谅的错,才令她放弃了五年的感情。我试图找到症结所在。回忆越来越久远,以至于现在已经开始回顾刚认识时的情景。我在想,是不是从那个时候起,我就一直在犯错,以至于分手成了一个注定的结局。坦白地说,我并没有彻底死心,幻想着在这个暑假找到自己的错误所在以及一条挽回的路径,期待下学期开学她回来时能和我重归于好。

最终,我怪罪这间靠马路的房子:窗外昼夜不歇的地铁和过路汽车以及过于熙攘的人群,才是扰乱我们生活节奏、破坏我们关系的罪魁祸首。而今我更是彻夜难眠,专注力下降,健康受损。我的同乡董先生帮了我一个忙,他把我引见给眼下这个房子的房东,令我得以在远离喧嚣的郊外安顿下来。

艾尔克顿是一座有两百年历史的古老小城,远离麻省首府,挨着一个游轮终日进进出出的港口,却没有火车站也没有大型购物商场,只有数家租赁游艇和船舶设备的小店开在码头附近。海岸边是连绵不断的森林和绿地,镶嵌在绿地里的是一幢幢气派考究的度假别墅。在许多房子的露台上，可以看到蓝色大海的某一区域，大多数时候海水温柔地颤动，像连绵的轻音乐一样沁人心脾。过去这里白人居多，近几年流行起外地甚至外国人来买房子，用于养老或投资。按理说这里几乎没有便宜房屋出租，但什么事都不是绝对的，因为远在异国的房东不能及时过来打理，只好将房子转给熟人或代理公司以低廉的价格出租。当然，他们对承租的要求也会相当古怪。我因为不养宠物，丢了女朋友，作息规律，并承诺修葺草坪，幸运地租到了这幢房子当中的一间卧室。

我比预想的更快地适应了这孤独生活。

夏日清晨，我常常会在阳台上眺望海滩，森林、大地与海水之间的热气氤氲袅袅，风声、鸟声和海水翻腾声合而为一，仿佛世外桃源。这里，有各种肤色的游人，美国人、墨西哥人、巴西人、亚洲人……这些人带着太阳伞和啤酒来海边享受夏日清凉。人们穿梭不息，每天都是完全陌生的面孔。但是，短短一个月，我竟然连续两次碰到了同一对华人夫妻，这令我万般惊异——光碰见不足以令我"万般惊异"，使我感兴趣的是他们过于悬殊的外表。

第一次是在艾尔克顿邻镇的一家四川饭馆吃晚餐。这里的中餐馆屈指可数。饭馆里除了两三桌筷子拿不利索的老美之外，其余的都是从几十英里外驱车而来的中国人。

坐在我的斜对面的这个男人额头弧度圆润、亮堂，两鬓可见白发；他穿一件黑色的丝质衬衫，身姿挺拔，骨架清奇,不胖不瘦,使衬衫看上去很有型。他身边的女人,乍一看你会以为是他的母亲。她的头发很短,露出粗短的颈脖,胸脯丰满——对于年轻的美女来说,这是特别吸睛的地方,但是,对于一个有了年纪的妇女来说,说是累赘也未尝不可。从我的角度看不太清她的五官,但能清晰地看到她健康饱满的腮部、她夹菜的动作,她在男子跟前随便放松的吃相让我很快判断她是他的妻子而不是母亲。后来,再留意她仰起头跟他说话的样子,更确定这是一个妻子对丈夫的神情和语调。这两位真不般配啊。我想。这位太太虽然长相粗鄙,衣着随便,却是相当豪爽。服务员递上账单,这位太太直接用一张百元现钞付了账,摆手表示不用找零。服务员道谢的时候,她还微微颔首。他们出门后,没有马上离开,而是在楼下的花丛边站了一会儿。这位先生点了一支烟,不疾不徐地抽完,然后坐上了副驾驶座。这位太太开车,似乎更加印证了我的判断。

第二次见到他们,是在市里唯一的超市。我去买市里统一使用的垃圾袋,这两位又出现在我的视野里。这一次,这位先生穿得更加讲究,上身着淡青色的薄开司米外套,里面是件同色的 T 恤衫,脚上一双棕色的软牛皮平跟鞋。他身材笔直,衣服的下摆轻轻摆动,我看到经过的人都为之侧目。这里的人通常都穿运动休闲装。我上次见到精致优雅的男士,似乎还是在去年学校组织的一个大型的庆祝会上。眼前这位男士,容易使人想到那些自小就养尊处优的公子哥。站在他边上挑选物品的，是一个穿着大短裤、露出厚重腿毛的外国男士，两相对比，更显出他风度不凡。那晚吃饭的太太跟在他身后。经过她的身边，我看清了她的长相：她长着一张方方正正的脸，上唇有清晰的竖纹，像是对他的路线不很满意，却又死活不会说出来的样子。他们两位在一起的形象又让我想起了一位长相英俊的著名影星娶了一位资产雄厚但相貌丑陋的女人的新闻。报上说那有可能是场交易。总之，这对男女相貌上的差异，很容易在像我这样的阴郁而苦涩的心灵里升起一股无端的恶意来。

两个星期之后，帮我租房的董先生打电话问我前天晚上有没有去观看国庆烟花。董先生在国内事业有成，来美时间不长，有强烈的创业和投资热情，已经创办了一个公司。如果不是我的专业不对口，去他那里谋份工作完全不成问题。正是因为他的热心介绍和担保，我才得以住到艾尔克顿。

没有。

并不可惜。他说。几年前他和几个朋友去查尔斯河边看了一会儿，不明白那么平常的烟花怎么吸引了那么多人，今年也没有兴趣凑热闹了。他对我说，还是在国内的时候有意思，人多，现在凑一个牌局都要几个月，不过，从前年开始，他倒是学会了寻开心。

他接着说，他和几位中国来的老朋友，每年的七月份，国庆日也好，哪个周末也好，都会约一场。喝酒的喝酒，打牌的打牌，不到天亮不会散场。到了天亮，谁能从车道边的石阶上走一趟不掉下来的话，谁就能在他的酒窖选一瓶上好的葡萄酒。他说，我酒窖里的酒每瓶至少一千美金哦。

他问我有没有兴趣参加。

车道边的石阶很窄，目测只有八厘米宽，一米二左右的高度，石阶可能是与邻居的地界，但正常情况下，在上面行走是不会掉下来的。我拿不准这个游戏有什么意义。

哎呀，不是每一件事都有意义，自娱自乐而已。看我一脸茫然，董先生拍拍我的肩，不要给每一件事命名，这又不是数学研究，一定需要理由的话，就算是考验意志的比赛好了。老外玩的那些我们都不懂，我们就按自己的想法创造玩法。你加入吗？

如果是个游戏，这也太简单了。

对你来说简单，对于我们这个年纪，那又另当别论了。去年，没有一个人做得到。

他对我说，他人即课堂。带着一颗学习的心，研究任何东西都能学到许多知识。自从失恋之后，消化这些痛苦，已经耗干了我身上的水分，我有一种要往身体里注入点什么的渴望。我点了点头。

我之前去过董先生的家。那幢房子坐落在一个隐秘的位置，前门与主路之间隔着一大排密集重叠呈扇形的香脂冷杉，与靠近房屋草坪附近的短叶松和红松合力形成一个天然屏障,巧妙地隔绝了主路上的噪音。房屋砖石结构,坚固气派,我相信即使真的通宵达旦地饮酒欢歌,也不会因扰邻而被投诉。我记得第一次去的时候,看到地下室有几幅前主人留在这里的油画。其中有一幅画的正是这幢房子的前廊。纹理清晰的砖墙,砖墙上的壁灯,以及走廊处罗马石柱上洒着的午后的树影,斑驳陆离,温暖又宁静,再看,又似乎听得到鸟雀啼鸣,我一下子爱上了这幅画,久久观摩。

董先生说,前主人去了养老院,这些画带不走,想当礼物留给我。可是这画跟我的装修风格不搭啊,再说,画框都旧成这样,快散了吧,挂哪儿呀?他无奈地耸了耸肩,表示难却好意的无奈。我在想如今这幅画去了哪里,仍旧在地下室还是去了旧货市场?

我还记得那一次我女友也一同前去,我们站在偌大的后院,看着延绵到海边的草坪,赞叹不已。我女友没头没脑地问,董先生家的房子一年要交好几万美金的税吧?

我傻乎乎地接腔说,啊,不用替他们着急,他们的实力很强。

草地这么大,很难打理哦。

那时,距离现在也才一年多,我傻乎乎地安慰她,打理房子也是一种乐趣呢。

下午五点半,我到的时候车道上已经停了好几辆车。这是夏日一天中最好的时光,热气消散,夕阳温柔,花园里开放着百合花、鸢尾花和芍药花,还有几只不惧人类的鸟儿在栅栏边踱步。我又看了一眼即将用来游戏的那一排石阶：石块砌得齐整，隙缝适中，也就十五六米长。我已经想到自己手握一瓶上好葡萄酒往回走的情景了。此刻，四个五十岁左右的中年男子，手持扑克，坐在走廊处的方形桌前。桌边放着茶水和香烟，牌局已经开始。其中就有我的同乡大哥董先生。他向我挥挥手，指了指自己手上的牌，表示走不开，他又指了指门，欢快地对我说，自己进去，请像在家里一样随意。

我走进屋。中式茶几上摆着成套的工夫茶具。三个十来岁的男孩正围坐在客厅的壁炉边打游戏，边玩边笑。他们的笑声清甜，我好像听见一弯清澈的溪水在流淌。但那不是全部的孩子，楼上有重重的脚步声，客厅的吊灯在微微震动，显示至少还有两个孩子在楼上追逐呢。我走进厨房，董太太——比我上一次见到时更瘦更白——看到我，眼睛四周聚起浓浓的笑意，接过我手上的点心。谢天谢地，她没有打听我女友为何没同来。另外几个准备晚餐的差不多年纪的妇女，也停下手上的活儿同我打了招呼。几乎是清一色的中国人。这很像我小时候经常见到的场景：男人们赌钱饮酒，女人们忙碌，孩子们玩耍。

就在这时，我看到了那位太太——我两次偶遇的英俊男士身边的太太，她竟然也系着围裙，在水池边洗芹菜。水池边的烤箱敞开着，里面是一排红通通的龙虾。这位太太的刘海贴在额头，面色因为烤箱的热气而绯红。她没有认

出我来,但给了我一个微笑。跟她迟滞的眼神和古板的面相相反,她的声音有一种出乎意料的亲切:

男的都在打牌,我先生一个人在后院呢,你可以去后院找他聊聊天。

我立刻明白她指的是谁。后院比前院更加开阔。挨着厨房的是一个更大的露台,后院的草地也更青郁浓密。再向前的白色栅栏外,是一片灌木,我们的眼睛掠过整洁的草坪以及矮坡下的灌木丛——另一侧的树木和海滩被遮挡在视线之外,使人觉得大海紧靠着灌木,而且纹丝不动。当然那是错觉——我在港口伫立过,常常看到一人多高的浪头打在礁石上,发出"砰砰"的撞击声。走近,才知道海浪有多凶悍。

后院,那位男士独自端着酒杯坐在藤椅上。今天晚上他穿着一件浅灰色麻布对襟大褂,这种衣服我原以为只在中国的学者及艺术家,诸如国学大师、国画大师们之间才流行,他下身穿一件质地光滑的阔腿裤,脚上是一双浅棕色羊皮拖鞋,鞋面干干净净。前院赢家的喝彩声冷不丁传过来,他的背影在灿烂阳光的阴影里,显得越发寂寥。我推开门,走到他跟前,他站起来表示欢迎,好像专门等我出现似的。他问我是不是董先生说的"小老乡"。目前来看,这里只有我的年纪还能称之为"小老乡",我愣了一下,点点头。

听说去年的聚会,董先生请了十来个小年轻,没想到他们闹腾得太凶,跳舞,唱卡拉OK,玩真心话大冒险,又喝了太多的酒，天亮的时候竟然没有一个人能从石阶上走一趟，有的到第二天下午还没法从沙发上站起来。那感觉不太好，把董老板累坏了，所以今年他没有打算找年轻人。

他的话里丝毫不带恶意，是一种就事论事的态度。他说，一过五十岁，人的性格就会发生许多变化，最明显的就是对于年轻人那种咋咋呼呼的闹腾，已经吃不消了。

也许到了七十岁的时候，又会重新喜欢和不管不顾不节制的年轻人在一起。

我想起了我女友的话——她第一次引见董先生给我时说，这些国内来的有钱人，比美国人更顽固、傲慢，排斥新鲜的血液，他们一眼就能看出你的来头，并且还不露声色。

这位优雅的先生姓冷，冷热的冷。这一次我看得更清楚：他的头发和脸庞都富有光泽，可能因为酒的缘故；没有胡须的面庞上，闪动着一双明亮、单纯、毫无倦意的眼睛。这使我产生了一种好感。我也介绍了自己的名字和就读的学校。

二十四五岁就读博士了。他赞叹着说。

不，我已经二十八了。

但你是个博士。他加重语气强调说。

仿佛因为我比他以为的年纪更大一些，又因为我是个博士，他很满意。他热情地建议我也来一杯来自南加州的葡萄酒，说这些酒的口感一点也不逊色于法国那些动辄上千块的大品牌。

他说，我人生中最大的遗憾就是没有读什么书，所以，我看到你这样的年轻人，真是很羡慕，我觉得你们真是前途无量。

这个人的长相和声音都有一种很特别的亲切感。他一开口，全身就好像都散发着一种号召力，嗨，我要开始说什么有趣的事了呢？你说话的时候，他看着你，整个姿态都好像在说，嗨，我听着呢，说吧。他的快乐和随和鼓励了我。我告诉他，我已经"认识"他有三个礼拜了，第一次和第二次分别在哪里。他听了快活地笑了起来，迎着夕阳的眼睛微微眯起来。他说，世界真的很小啊。

我冒失地问他，厨房里那位短头发的真是你太太？

哈哈，他大笑起来，好久才停住笑声说，我刚刚听到你的脚步声时，就在猜想，这个小伙子最感兴趣的话题会是什么？我赌是关于我太太的事。哈，我又猜对了。

我只不过……我结结巴巴地说，可是我的脸却不适时地红了。

郎才女貌的故事永远没有过时的时候，反之亦然。他自嘲地说，我早就习惯了人们的好奇心。他的直率感动了我。很快我们熟稔起来。我似乎在他身上看到了什么熟悉的东西，到底是什么呢？我百思不得其解，情不自禁地在他旁边的椅子上坐下来。他变魔术一样拿出一只空酒杯，倒了一杯，示意我尝一尝。在美国，并没有劝酒的习惯，加上他的衣着，都跟周围的环境格格不入。我斗胆猜测他刚来不久。

他点头认可。三个月,他笑着补充说,正是对这个国家充满好奇心的时候。

随后他告诉我他的趣事:前几天,一个中国小女孩,在他们夫妇散步的时候跟他们打招呼,问候他"叔叔好",问候他太太"奶奶好";还有一次,他和太太一起去购物,一个营业员在他太太买单的时候热情地对她说,太太,你的儿子真帅。

你瞧,这种冒失的错误美国人并不常犯,不过,在我身上,已经见多不怪了。我都五十出头了。他话还没说完,咧开嘴,发出快乐的笑声。

我被感染了,也情不自禁跟着笑了起来……

突然,我们一扭头,同时留意到厨房的窗口上出现两只眼睛。我认出那是他太太。

你看,他朝我眨眨眼,她对我不放心呢,就好像我是才学会走路的小孩,会从后院的栅栏上摔下去呢。他脸上仍然带着那种快快乐乐的表情,可是,他的声音里有着隐隐的不悦。说完,他将杯中的酒一饮而尽。

我留意到茶几上的酒瓶里已经所剩不多,以及他脸上那不合年龄的红晕。也许,她只是担心你喝得太多。

哈哈,他找到知音一样夸张地笑起来,所有的母亲担心儿子不成才,所有的太太担心丈夫贪杯……

你想象不到这里的樱桃多么甜……

我们猛一回头,冷太太的声音冷不丁在背后响起,她手里端着一盘水果拼盘，樱桃、西瓜和蓝莓。冷先生歪着头，目不转睛地看着她，像要接受，又像要拒绝。

冷太太进屋时，顺手带走了桌上的酒瓶。我和冷先生又谈了一会儿东北部的水果、天气和家乡的美食。突然，冷先生把脸凑过来，我敢打赌，要不了五分钟，她还会站在窗口巡视……

我们沉默了一下，仿佛专门腾出时间等他太太再露一次脸。直至我的余光真的发现窗口有阴影掠过，冷先生朝我心领神会地一笑——这一笑，好像不只这件事，而是我俩在更多的方面达成了默契。他使我对这个房子、这个后院的陌生感顿时化为乌有，他甚至使我觉得有趣极了。这莫名其妙的轻松是我这几个月难得的一次。

他碰也没有碰那盘西瓜和樱桃。有关他太太的趣事，却一桩又一桩想起来，直到追溯到他年轻的时候——

其实我太太是个大好人。我们认识差不多已经快三十年了。她是城里人，我是上世纪九十年代初那批最早到那座城市闯荡的乡下人之一。我在一家私营铸铁厂做热处理工。铸铁厂在东郊，和主城区隔着一条护城河。我跟我的工友们一样，白天上班，晚上喜欢在堤岸上溜达消磨时光。那是一条正在受污染的小河。污水横流，河床发臭，水流过的石块发黑发霉，一棵树都没有。河的对岸则是一排排五六层的居民楼，楼下种着一排排有年头的梧桐，树叶在月光下影影绰绰。成双成对的人在那里散步,好像这世上所有人都能在那样的月色下找到心仪的另一半。我们也常常绕道几公里,跨过那座木桥,跑到对岸的某个阴暗的地方坐下来,想象能邂逅几个理解我们的姑娘谈场恋爱,觉得只有恋爱了的生命才算有那么一点意思。

　　但是能接近的漂亮姑娘并不是很多,我们遇到的大多是和我们一样地位低下、朝不保夕的服装厂或纺织厂女工。她们的心思也不在我们身上。和我的朋友不一样,我有一张跟我的身份不符的脸。我自小的时候就容易招来亲戚邻居的赞扬,他们总说我"长得有福相",是有福之人。事情好像确实如此,我十几岁时就容易招来女孩的好感——许多女孩子很容易迷上我的外表,乍见之下,立刻对我表现出很大的兴趣,我也就渐渐有点自命不凡。但是在那个年代,你知道,户口非常重要,人们交往非常讲究门当户对。我虽然大饱眼福,跟不少可爱的女孩子打过照面,但是最终,我没有得到一个真正的女朋友。这些有头无尾的空欢喜带来的挫折,尤其是在劳作一天、洗去铁屑的黄昏时刻,使我更觉得寂寞难以排遣。我的伙伴们也有同感——那些在河堤上抽烟喝酒、打打闹闹,或是在打烊的商店橱窗面前踯躅的穷光蛋们,到处听闻发财传说——大路敞开,机会万千,然而,对于缺乏根基、缺乏人脉、缺乏眼光的我们来说,只有这发臭的护城河映照出来的微弱光芒才是真正属于我们的。许多个夜晚,我们对着这摇曳的水波开着玩笑,共同虚度着大把青春和充满饥渴的夜晚。

年轻时的恋爱经验,就是认识社会和自己的大课堂。这就是我为什么现在鼓励我的女儿多谈几次恋爱。谈情说爱的机会最容易让你知道自己真正拥有什么,配得上什么。但是,对我来说,我那时拼命追求女孩子,只是单纯地想找一个结婚对象,但是现实回以一次次暴击。经过三次疑似失恋之后,我基本明白了许多人一生才能明白的事,就好像有的人早就在宽阔的大路上随时准备搭乘去往明亮天地的汽车,而有的人甚至连"这世上有一条通向明亮前程的大道"这个概念都没有。不是谁都能白手起家。大多数时候我们的面前虽然空旷无垠,却又有无形的屏障阻拦我们去任何地方。有时我呆呆地坐在街角的一块水泥墩上,或是靠在一根电线杆上,看着一个个打扮入时的姑娘骑着自行车经过我的身边。城市的夜空闪烁着幽暗的路灯,每一盏灯的背后都是一个神秘的世界。有时,我幻想着坐在她们的自行车后座,搂住她们的腰,跟她们进入那些像鸽子笼一样的楼房,进入黑暗的楼梯,然后到达温暖的卧房。卧房到底什么样子?影院、商场、书店我们大可随意进出那么几次,可是真正的城里人的卧室和书房的布局,我就无法想象了。我特别渴望看一看那些丑陋又庄重的房子里到底是怎样的摆设。我想去里面亲自证明一下,装在家里的厕所究竟有没有臭味。这种渴望越来越强烈,好像我大老远地跑到这里来,了解了这些,才算是触碰了真实的城市;了解了这些,我才有资格说,我活在这人世间。

人与人生来不同,因而一直到死,也将与任何人不同。对我来说,"一分耕耘一分收获"是一种天大的误解。

这就是我那段时间在那条寂寥小路上的顿悟。

后来我决定调整战略。我跟我的朋友们分开,把每个月省下来的饭钱都拿去买进高档舞厅的门票。我去那里撞大运,寻找出路。但是,这样的冒险也被证明是幼稚的。此后几次挫败让我领悟到一个更惊人的真相——使我不受待见的不单单是"穷",伴随着贫穷的是我对这个社会的一无所知。除了漂亮的外表,我一无所有,一无所用,这才是我真实的处境。就算我攒够了进舞厅的门票钱,也买了一套穿得出去的行头,可那又有什么用呢?舞厅里的地砖光溜顺滑,鞋底轻轻滑过,人不由自主地想要欢乐。越是幽暗的地方越是充满着莫名其妙的诱惑。所有舞厅的曲调都是那样的温柔和哀伤,经过调拨的忧伤让身体无限膨胀。跳迪斯科的时候,所有人扭在一起,灯光不规则地摇晃,扫过每一个人的脸,瞬间又跳到另一处。每一个人都那么新鲜,又那么亲切。天地都在震动。

一曲终了,舞厅中央的旋转彩球还在无声地吐着火焰。姑娘们笑笑闹闹,气喘吁吁地拿手扇着风,看似漫不经心,可是她们的眼睛毒着呢:你有没有再买一杯茶水的钱,你有没有请漂亮女人跳舞的勇气,你有没有取悦女人的技巧,你有没有体面的工作,等等,她们总能一瞅便知,也总能很快决定接受不接受你后面的邀舞。总之,就算有人真的对我有最初的好感,我也会在接下来的一个钟头内把自己的短处和底细暴露无遗。

等到曲终人散,一切被打回原形。

那天我坐在一个角落里,身侧音响发出的剧烈的音乐声振聋发聩,那节奏好像在我的心头击鼓,把我心头的灰尘击打得四处飞扬。就在这时,一个姑娘向我伸出手。那是一只圆乎乎的手,手指又短又粗。在一种麻木的状态下,我攥住了这只手。这只手的主人,你明白了吧,就是我太太,长得可真壮实呢。我礼节性地陪她跳舞,其间几乎不做交谈。没想到接下来一支又一支舞曲响起,她都走过来请我跳。直到最后一支舞曲结束的时候,她还贴在我身上,不肯松开。在黑魆魆的舞池里,什么都看不见,我却能感觉到她死死地盯着我,像大山一样密实有力,我简直不能呼吸。我在心里说,这女的长得真丑啊,再怎么着我也不会娶这样的女人做老婆。这是我实实在在的心里话。男人都好色嘛,就算又穷又无知,我也丝毫没有追求她的冲动。

出了舞厅,我不打招呼就要离开。我甚至不想让人在有灯光的地方看到我和一个这么丑的人有什么瓜葛。但是,她对我说她想送送我。

什么?我以为她想让我送她回家。

我的司机在路边的车里,我想让他送你回家。

就这样,我第一次坐上了小轿车,之前我连出租车都没有坐过。我紧张地坐在汽车里,听着她对司机交代怎么走怎么走。根据我之前给她的假地址,她把我送到市中心电影城附近一幢黑洞洞的房子前。我站在离我工作的工厂七八公里的地方,哭笑不得。公交车早就停了,我身上的现金又不够打辆出租车,我不得不步行。许多地方黑灯瞎火,中间好几次走错路,一直到凌晨三四点才一身露水地回到职工宿舍。

对我来说,那天晚上就是个笑话,但这个笑话很快变成了我对她的第一次感动。从那之后,她经常到厂里来找我。就像我说的,不止"穷"是我身上的标签,"无知""无用"也是。她不仅知道我穷,也看过我装腔作势——我年轻时有一个坏毛病——聊天时喜欢引用几句名人名言。我发现,就算我张冠李戴,她也毫不在意,并不是因为她无知,相反,她是本市的高考状元,之所以没有到大城市去发展,是因为她对自己的家族负有使命。她的父亲,是近几年发了大财的有钱人。那时候,人们有钱,不是靠拆迁和投机,而是凭实实在在的本事。她父亲经营棉纱厂和电缆厂,后来还涉足房地产。遗憾的是,他只有两个女儿,而且自己还是个鳏夫,这使他的女儿们都很警觉,双双自愿留在他身边,保护他和他的财产。

我太太,自打第一次跟我跳了一场舞,她对我的来历基本就一清二楚了。她不仅接受了我的穷,还接受了我没有知识,也没有像样的工作以及农村出身。她知道了我的真实地址后,仍然隔三岔五地来找我,还经常送礼物过来。有一次,我偶然跟她说起我们老板要裁员了,我猜测自己是那个倒霉的家伙。

她问,你是热爱你的工作,还是热爱你生活的这个地方呢?

我当然说我热爱这块土地。

她为难地说,可我不希望你继续做热处理的工作,在高温下作业,你会很快被烤成干巴老头儿。她可不是随便说说。她让她爸把我们厂买了下来,拆了,在这个地址上又建了一个电线电缆厂。电线电缆厂在任何地方都可以建,何必费这么大劲呢?又是拆迁赔偿,又是安置工人。她讲了让我十分感动的话。她说,建在与你有密切联系的地方,有助于形成你自己的文化和经验。这真让人心里一动。当然,我并没有真的爱上她,那仅仅是一种温柔的、被感动的心情:天真的人遇到欣赏的人。

凭着这样的感动,在等着拆迁的我们厂楼下,因为天黑没有路灯,我试着把手从她衣服的领口伸进去。她轻轻地哼哼,声音还算好听,我激动了。后面的事都很顺利,并没我想象的那么难。男人其实可以很简单。

接下来,她带我回去见她的父亲。说到我的准岳父大人,在我去之前,我就做了许多心理准备。我知道他和他另外一个女儿是不会顺顺当当接受我的。他们会像这城里的其他人一样嘲笑我,质疑我,甚至羞辱我。果然一见到我,她姐姐就对我出言不逊,喊我吃软饭的。话音刚落,我太太一只酒杯砸向她姐姐,她姐姐的嘴角顿时血流如注。她父亲、她家里的阿姨全都愣在那里,她姐姐连血都忘记擦了。

我太太淡定地说,流血?有疤最好,那你就不会那么快忘记了。

我的准岳父大人,他是最有资格嘲笑我的人,毕竟,我这个乡下来的穷光蛋将要占他的便宜。可惜他还没来得及发作,就被我太太那气势镇住了。有了这次见面,这家人对我的态度收敛了许多,甚至,后来的情况向相反的方向发展。就是说,我时不时地可以开开有钱人的玩笑,讲几个关于吝啬鬼的段子。因为我发现,我嘲讽岳父这个事情,一点也不会破坏我太太对我的感情和我们之间的关系。我的准岳父竟然也置若罔闻。这个家庭有意思的现象就是姐妹俩的长相和性格。我那个大姨子,爱打扮,长相漂亮,还挥金如土,尤其酷爱收集世界排名前十的各款名表,什么百达翡丽、欧米茄、宝玑她几乎全有。我的太太呢,常常沉默寡言,又吃苦耐劳,衣着随便,有时候浑身衣饰加起来不超过一百块钱,站在她姐姐身边,就像一个专职的女佣。她俩在家谁更受宠可说是一目了然。但我太太这个人,相当执着有韧劲。我起先认为我俩交往、结婚的难度跟中百万大奖一样。她呢,硬是迎难而上,朝她姐姐来了那么一下子,把不可能变成了可能。自从我俩恋爱之后,她坚定地站在我背后,应对包括其他亲戚、朋友和社会圈子对我的刁难,决绝果断,毫无保留。我那阵子晕晕乎乎的,处理这些未曾体验过的事情让我身体里的每个细胞都满满的,挥发出跳跃的质素。一句话,我忘乎所以,真心不在乎她长什么样。

结婚的时候我这边的家人是缺席的。我和我太太的想法是一致的,两个在身高、体型、身份上反差如此强烈的人并排站在一起,我的没见过世面的亲戚们一定会当场失态。我们在一起的时候,那些跟在我们身后的陌生人的目光已经无数次像麦芒一样刺向她了。农村人又不是很懂得礼数,他们一定会窃窃私语,在背后把这个事盘算来盘算去,打探个不停,议论个没完。忘了跟你说,我有一个哥哥,因为小时候得过脑膜炎,落下了些残疾,二十七岁了还没有结婚。对于他能找到对象,我家人是完全不敢指望的,传宗接代的大任落在我身上。这些都会使我们遭受更多的猜疑和议论。经过商量,我们一切从简,来了趟旅行结婚。那也是我第一次坐飞机。飞机往上攀升的时候,机身剧烈颠簸,令我头晕目眩,恶心想吐,再加上我太太搂得我有点紧,不一会儿我就产生了一种莫名其妙的失重感,呼吸越来越困难,差不多快要窒息,后来我竟不能自控地贴在舷窗玻璃上颤抖。我太太轻声安抚我,马上就好,马上就好!她执着地贴着我,告诉我第一次坐飞机这样很正常。她的温柔让我如此感动,以至于那一瞬间我反而愿意让这一时刻成为我人生的终点:不能同生,但求同死!

一直到飞机降落,来到了天堂般的海南三亚,在临海的酒店里洗了个澡,吃了顿海鲜大餐,我才从求死的强烈欲望中缓和过来,并且明白了一个道理:美景能治愈一切消极的情绪。

以我当时的智力和见识,我也能意识到这一点:尽管她长得不算好看,但找个跟她经济状态差不多、长相周正的肯定有难度,毕竟我的条件接近零下了。要说优势,我唯一的优势就是跟她的生活毫不相干,不合她所有家庭成员的心意。她对跟她般配的男人、她父亲满意的男人、能促进她家族生意的男人统统没兴趣。如她所言,她奋斗的乐趣、她生命的意义就是与家庭战斗,并获得胜利。而我现在是她最信得过的战友。

从我认识她一直到现在,她对穿着打扮从来都不在意,什么名牌包包和时髦首饰她统统不感兴趣。即使后来减肥、整容成了一种时尚,她依然我行我素。

你以为她审美差、没见识那可大错特错,因为我的衣着就是在她帮助之下变得越来越有品位的。什么牛仔裤配皮鞋、西装裤配夹克衫的笑话一开始在我身上也常有,可是,渐渐地,她的指导加上从偶像剧和时尚刊物上摸出的门道,我对色彩搭配和潮流渐渐有了自己的心得。我去年还以潮流引领人的身份上过许多国内杂志的时尚专栏呢。我太太以前总是会对我说,建国,你是我这一生见到过的最帅的男人,没有之一。只要一看到你优雅地站在我跟前,一天的疲劳就去掉了一多半。

她还说，好马应该配好鞍，否则就是暴殄天物。她相信钱花得越多，人就越会被瞩目。

她喜欢每时每刻都看到我像宝石一样闪耀，她自己呢，则愿意做我的陪衬。

有时我怂恿她做些改变，她却坚决地说，她的心情好坏源于我，而不是源于她自身。她还说，真正在意外表的人，是不会在自己身上做文章的。这话令人费解。

一套衣服就能让人挺直腰杆，抛弃过去。华丽的衣服能够吸引过去不正眼看你的人，让你获得意外的尊重。实不相瞒，我后来变得有点过度关注外表。靠着一表人才，我安然度过了最初的艰难时期，后来也习惯了每天穿着质地精良的体面衣裳出入一些大型的商务会谈等重要场合。纵然我不参与她家族的生意投资，也总是愿意抛个头露个面的。

说到衣着搭配，也是一门学问哪。穿衣的高妙之处，不是让你受到万众瞩目，有时候恰恰相反，是要让人完全忽视你。从另一个角度说，衣着是另外一种语言艺术。它能帮你召唤到同类的人，也能驱赶不相干的人；它能让你充满自信，或者表现出毫无攻击性……

打个比方，真正有能力成为鹤立鸡群的那一个，色彩方面反而特别简单。把事情搞复杂容易，把事情搞简单了难。扯远了，总之穿衣的最高境界其实是舒服。不过你看，到如今我也没有做到。我除了舒服，还喜欢小小的炫耀……

冷先生的话被一阵警车"嘟嘟嘟"的鸣叫声打断,那声音雄浑、粗砺,穿破冷杉的屏障,坚定地冲进你的耳膜。冷先生顿时停住。

一般都不是大事,即使查个超速,也会动静很大。我轻声安慰冷先生。

是啊是啊,不像我的老家,许多事都是悄悄地发生的。他幽默地回应。

总之简单来说,我命运中的大反转,都得益于我太太。也可以说,借着她的力量,我在年轻的时候打了一个漂亮的翻身仗。那几乎是我人生当中的第一次感动。此后很长时间,有个声音一直在我脑子里提醒自己:你甩掉"穷"这个鬼东西了,你不一样了。这样的提醒促使我十分珍惜我的婚姻。既然这世上有许多关系是建立在深深的爱情上,就会有许多关系建立在其他的因素上,而我的婚姻实实在在基于这样的感动。

警车的鸣笛声又持续响了几声,不过,似乎渐行渐远。

我是不是说得太多了?他像从别人的故事中回过神来,感到不安似的开始道歉。经过这么长时间的说话,他脸上的醉意出乎意料地消失了。现在,他好像有点靠近了他的真实年龄,还变得有点严肃了。

并没有,我赶紧表态,我很喜欢听。这是实话。冷先生的故事,使我几乎忘记自己是一个沉湎在失恋痛苦中的穷光蛋。

这时,董先生推门出来,招呼我们进屋。原来客人们已经到齐,他要给我们介绍。一进入厨房,佳肴的香气就扑鼻而来。在摆满食物的餐桌边,我和刚才打牌的几位握了手,又对着几位更加陌生的面孔点头致意。晚餐正式开始。

中国人的聚会上菜肴通常都是这样丰富:本地龙虾和牛肉整盘从烤箱端出来,摆在餐桌的中央;炸得酥脆的鸡翅闪着亮油油的光;比萨已被孩子们瓜分了一多半;豆腐和水煮鱼片则是正宗的四川做法,麻辣香味弥漫整个屋子;还有客人带了自己包的韭菜馅饺子,可爱地立在瓷白盘子里。这些中西不同的菜品混杂在一起,加上还得照顾孩子们的口味,一大块比萨占了一角。刀叉是先前摆好了的,有人不习惯,去厨房找了一双筷子,另一个人也要求带一双来。不一会儿,几乎人手一双筷子。中西混搭的餐桌我见过太多,有中国人的聚会上一直如此,它会变成永远的特色。

孩子们既是黏合器又是分散剂,一阵旋风般的操作后,他们各自端着盘子到另一个房间去了。董太太追出去,小声叮嘱他们别去客厅边摆设了佛龛的那间房。董先生信佛,每逢初一、十五和相关佛教节日,都按时在家烧香拜佛。他见佛就拜,进庙就塞钱。即使环境变了,他也保持了他的信仰。董太太的叮嘱声特别小心谨慎,一则怕他们逆反心理作怪,二则怕他们不理解,毕竟有些在这里受教育的孩子觉得上帝才是唯一真神。大家举起酒杯向董太太道谢。准备这么一大桌菜费了太多的时间和精力,值得大家真诚地赞美。客套之后,大人们并没有端坐在一起,有的人专注于品酒,有的人则只对龙虾有兴致。气氛一度有点尴尬。我也终于发现,并不只有我是陌生人,其他人彼此也并不熟悉。比如那牌桌上的对手和搭档,竟然也都是初次见面。冷先生和冷太太坐在一处,董先生介绍他们是一对儿时,大家都假装对冷先生和他妻子如此不般配的外表毫不在意。这些人表现得过于不露声色,反而令我生疑。我突然想起自己第一次见面时对他们怀揣的略带恶意的好奇心,认定这位太太有不俗的背景,我相信这些人持有同样看法。他们对冷太太格外尊重,感谢她亲自帮厨,又感谢她递纸巾过来。

牌桌上一位先生的胳膊上还有刺青,面孔肥胖而黝黑,乍一看以为他是个粗人,他却细心地拿出手机,给每一道菜一个特写,又拍了一张十多人的合影。我留意到他用的是美颜相机,加了滤镜。我本以为自己的忧心忡忡和懵懵懂懂都被镜头逮住了,还好,高科技之下,加上这位先生显然学过摄影,他的镜头稍稍上扬,使每个人的脸色看上去都特别滋润,每个人都比自身更高,最高的快要接近天花板似的。身后的满桌佳肴像无声的语言,让我们看上去其乐融融。

这一顿的花费抵得上我一个月的生活费，可能还不止。我不愿意想得太多，这只会使我变得拘谨。

我的女友说的没错，有钱人聚集在旧金山、硅谷、西雅图、纽约和波士顿等大城市。我跟富人素无交集。我读研究生时学的是基础数学，后来发现自己一直对理论比较感兴趣，所以来麻省后顺理成章选了数理逻辑。我对自己的专业很有热情，计划将来去大学任教或者做科研。女友一度非常支持我，她说，做自己喜欢做的工作是一件幸福的事。基于同样的原则，她选择的课业相对轻松。加上她的学校中国人多，她很快交到了一大帮朋友，这让她的性格变得更加活泼，她比以前更喜欢打扮得漂漂亮亮地出门。要说坏处，就是社交占用了她太多的时间。但我相信她能调整好，如同她从恋爱时就一直对我的承诺和前途抱有信心一样。

她半年前第一次跟我提分手的头天晚上，我们有过小小的争执。当时已经是深夜，她突然问我，如果我当时反对你学数理逻辑和计算数学，你会听吗？

我想了一想，回答说，这一直是我的学习兴趣所在。

她坚持问，如果我当时让你改学金融工程、商业分析、数据科学、精算诸如此类的学科呢？

我仍然坚持说，我还是更喜欢数理逻辑。在我看来，至少在学业方面，从我们刚开始认识的时候，她是带着坚定的崇拜来看待我的学习能力的，无论在哪个学校，我都能拿到全额奖学金,我相信自己的魅力包含着天生的学习和专注能力,但这一次,她沉默了。她说,要是别人,一定会顾及女朋友的感受。

这件事,被我理解成自己不够甜蜜、不够浪漫的指证。我立刻向她道歉,但没有改变自己的说法。第二天她提出分手的时候,我本能地以为是因为昨天的争执造成了不愉快。我跟她解释说计算数学是可以直接应用的,工程里很多的问题需要数学来建模。比如数值模拟技术是石油开采行业中的重要工具,是确定剩余油分布和提高采收率的主要手段之一。其次,即使工作一时难找,转行也是比较容易的。

我现在在谈分手,你的专业跟我们的分手并没有关系。她打断了我。

啊,我觉得,是不是你对我就业赚钱的信心不足?

并没有。她说,你为什么会觉得这跟钱有关呢?我们虽然过得清苦一点,但是这世上并不是没钱就没有幸福,幸福跟钱是不相干的。

我再次向她道歉,当时的气氛激发了我内心的愧疚感,我为自己的不解风情道歉,为简陋的公寓道歉,为寒酸的屋内设施道歉,她都一一拒绝接受,因为她不是因为这个想与我分手。

她用行动证明了她的话——我们和好了。分手风波之后,我继续埋头写论文。但是,我的同门师兄告诉我,他在与几家大公司的接触中,意识到这个专业的局限性,收入没有我们想象的那么高,可供选择的公司并不多,外国人的身份也使他不那么敢理直气壮地提合理的要求。虽然也有漂亮的履历和推荐信,也有论文发表,但是,每当他积蓄着优势面对面试官的眼睛时,无名的怯意就会突然爬上他的额头。他仿佛不是坐在椅子上,而是站在城门前,他伸直双臂,试图发力,但是,那些貌似可以轻松推开的铁门竟然纹丝不动,甚至每推一下,就更牢固一点。

我师兄跟我聊这些的时候,没有回避我的女朋友。她冷眼看着我师兄的窘境,等他走后,她不客气地说,我就说嘛,像他那样的人,想必压根儿不知道自己有多么寒酸、多么窝囊,前途又是多么渺茫,还自我感觉良好,一点不愿意改变自己。

师兄的挫败感并没有影响到我的信心。但是,现在,我好像明白了些什么。我女友可能听到我师兄的叹息,对我所学专业的质疑和分手的话并不是一时负气,这些事一定使她对前途感到不安,而我因为过于自信,竟完完全全地忽视了她的感受。

刀子切牛肉摩擦盘底的声音,汤锅里散发出来的热气,脆饼在嘴里的咯吱声,满足的笑声……大家都在竭力赞扬食物美味。来美国时间长了就知道这些未必能当真。见识过冷太太在川菜馆的重口味,我认为她未必满意。冷先生吃得很少,却也连连附和他太太。与刚才的表现相比,现在的他不过是想显得与大家很投缘罢了。一轮寒暄、敬酒之后,人们开始放松。聊天的继续聊天,抽烟的继续抽烟。不一会儿,餐厅里充斥着中国的烟草味。刚才打牌的那几位从出国旅行聊到赌场里的二十一点,后来又聊到他们吃过的美食,这里面有人竟然吃过腌酸蚱蜢、油炸蝗虫、盐水龙虱、香酥蟋蟀、甜炒蝶蛹……那位先生随随便便地说,我吃过的可不止这些,女人的胞衣我都尝过,体验体验嘛。

我的胃一阵翻滚。我看了一眼冷先生,他正在吃冷太太夹过来的一块牛排,坐在后院讲故事时的放松和自得完全消失。说来奇怪,场面上一直没有适合我们插进来的话题。倒是冷太太,说起了她的企业在过去数年中的好几次危机。我看了看冷先生,一只调羹在他手上无声地翻过来掉过去。后来,董先生谈到孩子们在学校的处境、贸易战带来的困扰以及遇到邻居时的沟通障碍等等。他们似乎只是谈谈而已,并不为寻求什么意见和解决方案。多种话题搅和在一起,有时接话的人会弄混淆。似乎大家都有一种默契,懂得如何维持一种平衡状态——不轻易表态,也不随便下结论。

一阵孩子的欢呼声传来,几位女士起身说去看看。趁着这时机,冷先生和我也站起身来,一前一后悄然离开餐厅回到后院。黑暗像一张网,逐渐地铺陈下来。坐回原来的椅子上,酒杯像个顽皮孩子一样跟在他手上出来了。

感应灯被惊动,照亮了草地上的翩翩飞虫,数以万计,原地起舞。欢快的气氛以及盘子和筷子的磕碰声从窗户、从门缝往外倾泄,显得格外刺耳;感应灯倏地悄然熄灭,黑暗顿时裹住我们,屋内仍然灯光灿烂。夜色渐渐成了一条分界线,把我们和屋内客人分隔开来。那些笑声却并不像是真正的开心。有时他们笑得特别大声,好像只是有意为了让屋外的人听见罢了。我和冷先生像被黑暗招安的叛徒,脱离了屋内,成了他们的背景。不久,黑暗里涌动着一股暗流,在我和冷先生之间搭起了一条连接线,我们一动不动,似乎都很享受这种隐形感,甚至有一瞬间,俨然游戏里的盟军。即使是像我这样的书呆子,也明白冷先生不属于屋内那个团体。

远处有一星光闪了一闪,像是疾驰而过的车灯,又像是流星划过。再过半个月,这个时辰就要穿外套才能坐在月光下了。他说,声音充满着诗意。他的酒杯又空了,看着颤动着的摇椅以及他那似乎略有点把持不住的手腕,我猜测他醉意很深了。正因为如此,才更凸显出他的风度。他清楚自己想说的话。

我情不自禁地把失恋的故事告诉了他。

他听完只是默默点了点头说,历史总是重复上演。

他的话使我一头雾水,明明他刚刚讲了一个圆满的、令人感动的故事,而我才是被抛弃的那一个。我疑惑地看了他一眼,但他的表情格外认真——仿佛自己讲了句真理似的等着我点头。我受到感染，下意识地点了点头。

　　一阵笑声扑出来，我本能地回头朝屋里看。冷太太正在和女主人一起为孩子们切水果冰蛋糕。她的刀子猛地插下去，又重又狠地挖出一大块，孩子们的纸杯沉甸甸的。从这个角度看，她十足一个宠溺又过度操心儿孙的老祖母。

　　我是一个有点死脑筋的人，我女友一直这样说。从前她觉得这是好的，因为我思想单纯，满脑子清规戒律，使她很有安全感。就像现在，明知冷太太担心冷先生会喝多，我便不能假装毫不在意。我时不时回头，总觉得冷太太又会冷不丁出现，端过来一碟甜点。我的分神被他留意到了，但他的叙述语调保持着平和，也可以说，那是尽量不被醉意和外在因素所左右的腔调。他的用词很有特点。有时你觉得他是在寻找跟别人相同的词，为了获得别人的理解；有时候，他想找到完全独一无二的词，以免跟别人的故事混淆。

　　他轻声地说，我说的吧，她实在是一个大好人呢，好到一般人难以理解的程度。

　　后来呢？我及时打断他的抒情，既然他说历史重复上演，他肯定会给我揭开谜底。这正合他意。他找到了让自己舒适的坐势，继续讲述。

　　自从结婚起，从二十世纪九十年代中期到新世纪，这日子像坐火箭一样嗖嗖向前，眨眼工夫，五年过去了。

　　这五年时间，我们办婚礼，装修房子，生了女儿，我到岳父的家族企业去打工。此外,我用我的私房钱帮我哥哥找了个外地女人。实不相瞒,这个嫂子长得不丑,人也算机灵,就是家庭条件太差,选择我哥哥也是为了她的家庭考虑。我妈第一次看到我嫂子不仅没有高兴,反而为此忧心忡忡。实在不般配。她说。她担心人家是骗彩礼,过几天就会跑掉。我安慰她说有结婚证。她说,有结婚证跑掉的女人我们村里还少吗?

一直到我的侄子出生,我妈才松了一口气,明白我嫂子发下的毒誓不只是走走过场。我也尽力照顾他们的生活,帮我哥哥在婚姻里争取一点点主动权。

我女儿开始上幼儿园的时候,我基本不用上班了。我太太说,我们这家境实在犯不着为了三四千块一个月的工资起早贪黑。这是实情。我岳父没有给我什么重要职位。以我当时的能力,我并没有丝毫野心。想要担当更大的职责,对我来说也是头疼的事,我干脆挂着一份闲职,拿点零花钱,倒也心安理得。

至于她家族里的纠纷,从我出现之前到现在都没有停歇过。我大姨子一如既往地挥金如土,基本上啥也不干,每个月去一趟财务部核查监督一下账务报表;我太太的经营能力显而易见,我岳父的心却从没有往正中间挪一挪。老爷子扬言自己过世的时候,财产一分为二。我太太甚为恼火,一是因为她在家族生意上操心比较多,另外就是那块因为我而买的地皮价格暴涨,我太太觉得这种增值应该算在我的头上。我的岳父没有采纳她的意见。这些事，似乎加大了姐妹间的裂隙。

俗话一点不假：富贵不还乡，如锦衣夜行。所以我渐渐和少年时代的伙伴以及青年时代的工友恢复了联系。有一次，我被邀请参加一个同乡的聚会。我少年时代有一个很玩得来的伙伴，叫陈涛。虽然他也曾经在各个城市迁徙，受了不少苦，但如今也买了房，娶了妻，有稳定的生活。喝了几杯酒之后，他吹嘘自己至少和二十多个女人上过床。他的话令我震惊不已。

什么？

不要告诉我你这个大帅哥没有去过那些场所吧？他脸上挂着猥亵的笑拍着我的肩膀说。我这才知道他是个风月高手。上高中的时候，他就有过男女方面的经验，用他自己的话说，人要有什么爱好，就算穷得叮当响，也总是能想出办法让自己如愿以偿。

当时坐在左边一直抿着嘴的年轻男孩，他们喊他江一飞，竟然有一位姑娘为他喝了农药自杀，最后虽然救了过来，但也变得不那么正常了。这个男孩在别人讲他故事的时候微笑不语，算是默认。我急切地问他，那你们结婚了吗？

当然没有，他得意地解释说，因为她父母反对她跟我在一起，两家人打过数次架，她绝望了才喝的药。

哦，你不能在她好好的时候不许我们在一起，喝残废了才愿意给我吧,这也太欺负人了吧?这家人大概巴不得我早点死吧!他被自己的幽默给逗乐了,终于咧开嘴。我看到他缺了一颗门牙。

所以,那个自杀未遂的女孩最终也没有嫁给爱情?

我正纠结这个故事的时候,其他人又开始讲述自己的各种艳遇。这个缺了门牙的男孩又讲了一段最近才发生的爱情,但这一个显然不够传奇,很快被别的声音压了下去。

而我,自以为幸福的生活,在他们眼里,竟然显得那样无足轻重。不知道是出于嫉妒,还是真正的心里话,他们居然断言说我过得"苦涩"。

"苦涩"这个词一经他们说出口,一下子败坏了我的胃口,后面上的菜我竟然真的觉得味同嚼蜡,毫无食欲。

那次聚会结束,回家的路上,我心情复杂,很不是滋味。

都快十二点了,可是街面上新冒出来的酒店、KTV 和电影院都是一片繁荣景象,就连很远方的房屋都沐浴在金色的光圈中。经过一个夜市的时候,露出长腿的姑娘们在那里游逛。不只是我,我看到街边无所事事的摊主也盯着她们看。一时间,某种东西从我的体内苏醒。五年多的时间,我完全没有出轨的打算,光是享受生活中得到的这些,已经让我够激动的。就在那天晚上,似乎白天还让我兴致盎然的一切都失去了魅力,昨天还在我体内驻扎着的对家庭的满足感、对财务自由的庆幸感,都突然之间烟消云散了,或者说,像是一盆凉水浇了下来,我哆嗦了一下,像从梦里醒了过来。过去的幸福感仿佛全部变成了错觉,像是一种自我麻痹,仿佛这会儿的感觉才是货真价实的。

诚实地说,在我的婚姻生活中,从来没有什么令我心醉神迷的时刻,当然也没有猜忌,没有担忧,没有嫉妒;我会常常告诫自己,这一切得来并非易事,也不是人人都有这样的好运。但这次聚会,让我意识到,在我得到这一部分好运的同时,我可能失去的是作为一个男人本应该得到的一些东西,比如坠入爱河,比如失恋,比如邪恶——原来人可以活得这样五花八门,别开生面。

那是我结婚五年来第一次失眠。我无心抚摸我的妻子。过去这几年,我兢兢业业,每晚给她足够的抚慰后,让她酣睡在我的臂弯。这会儿她浑然不觉,并不知道这次聚会对我带来的冲击,放松地躺直了,自信和坦然地等我上来……我看着她的脸,过去几年积累起来的感动,一夜之间竟然消失得无影无踪。有个声音一直在提醒我,睡在我身边的是一个长得极其粗鄙的女人,一个棉纺厂的女厂长,一个身形巨大、翻身都有点困难的胖子。并且,更可气的是,我的女儿长得跟她几乎一模一样,这一点,也让我暗生怨恨。就算再生一个,还有可能继承她的基因——基因这个东西完全会被强者主导。

我边琢磨边卖力地表现着。那天晚上,我终因体力不支倒下来,没有让她睡在我怀里。

后来我又参加过一次类似的兄弟聚会,又重逢了旧同事王强。据他自己讲,他也玩过很多女人,仿佛为了验证我少年伙伴陈涛的话,他对我形容这些风尘女人的妙不可言、放荡,时时如你所愿。

我跟着王强第一次去了KTV。那里的姑娘,我得说,那真是非常不一样。她们放得开,喜欢甜言蜜语,一点点钱就让她们笑逐颜开。她们带给我一种轻飘飘的快乐、无拘无束的快乐。

我觉得家庭不再是温暖的中心,而是变成了一个遗憾。你想一想,你原以为生活是一层烙饼,你掀开一层,发现了另一层,又发现了一层,虽然没有到掀不完的程度,但也绝不是当初想的那样单薄。

我的身体焕发出一种新的活力。我庆幸自己内心仍然有对美好东西的向往,有怜香惜玉的本能,这个东西过去几年消失殆尽,我差点就未老先衰了。

据我的朋友们说,他们的力气使完了之后,回家只能做些面子上的表演工作,比如做家务,把私房钱掏出来,等等。但是我跟别人不同,我也有补偿家庭的心理。我会在饭桌上谈笑风生;调动我的幽默细胞,逗老婆发笑;陪岳父下下棋;送孩子去学琴。但是对于我太太来说,这些是远远不够的。她基本上每天晚上都需要足够的爱抚才能安心入睡。这项习惯性的义务说断就断的可能性几乎没有。她甚至都不关心我白天去了哪里,和哪些人在一起,花了多少钱,喝了多少酒。她不是一个喜欢事无巨细、喋喋不休盘查的女人。她不问。她就躺在那里,等着我过来爱抚她一番,好让她消去一天的疲劳。

别人在外干了不清不楚的事,恨不得擦得干干净净回家。我吧,每次从 KTV 和酒吧回来,都兴致勃勃,充满活力,恨不得露出浑身的破绽,让她当天戳穿我——怄个气,拌个嘴,吵几句,然后分床睡——我几乎从来没有得逞过。

我不得不偷偷吃些市面上流行的伟哥之类的药。

有一次,我明知衣服上沾了一个女人的口红,我甚至都没有想擦一擦,直接将那个唇印带到卧室里,算是摊牌。那一回,她没法回避了,她死盯着我,射出冰锥一样的目光,我觉得她就要跟我撕破脸了……然而,她没有。她的声音很平静,她说洗洗睡吧。

我感觉自己要被吸干了,开始有了一种想要逃脱这种生活的冲动。

我很快爱上了一个比我小十岁的护士。说来有意思,我太太陪我去看急诊,那个护士为我量体温,打点滴。我太太去缴费的时候,她拿药棉在我的手背上反复摩擦。持续消毒了很长时间后,她用近乎耳语般的声音说,你是一个多么能忍的人啊!她说话时表情没有变化,这些字的声调也没有起伏,但是恰恰因为她是个陌生人,又是一位穿着白大褂的护士,白色的灯光打在她的额头上,使她看起来更加温柔。她又重复了她的意思——她同情我,看我那样病弱又斯文帅气,却由一个如此丑陋的女人陪伴,她真心替我愤愤不平。她年轻的脸上带着夸张的怒气，反而加重了她话语里的善意——完全剔除了恶意和玩笑的意味。这善意里有一种不可抗拒的偏爱，藏着一种坚定的永恒。她的话就像在为我的昨日洗罪——无论我做过什么，都是理所当然的。

趁我太太拿药未归时，她快速地把传呼号码写在了我病历的最后一页。

这个情景让我十分着迷，至今我都记忆犹新。你可以想象这样一幅场景：我躺在病床上，打着点滴，我太太庞大的身躯拦在我和护士们之间。但是不久，她不得不离开医院，她有许多事情需要操心，我被理所当然地交到了那位护士手上。后来我又生了好几次病，有两次是头疼，还有一次是不知名的神经症，剩下的几次是失眠。

关于如何坠入爱河以及在其中的煎熬挣扎，我已记不清，总之就是神魂颠倒。那段日子，我脑子里全是与护士钱红相关的画面：穿着护士服弯下纤细的腰，她扎针的动作，医院里消毒水的味道，就连瘸腿走路的病人在我眼里都是美好的画面。我们见缝插针地在病人睡过的钢丝床上肢体缠绵。啊，在恋爱者的眼睛里，连死亡的痕迹都充满着美感……恋爱究竟是怎么回事？我完完整整、全心全意地亲身体验了。

有一个画面牢牢印在我脑子里：有一天，我带着那个年轻的姑娘一起去参加朋友们的聚会，他们扭转了对我的看法,那时我得到了应有的尊重。

另一方面,我虽然服了药也无法对太太的身体感兴趣,偶尔为之也是苦不堪言,应付了事。这样一来,我对她就连面子上的和平都难以为继了。

我开口提出了离婚。

我太太开出的条件令我惊讶,我原来所在工厂的那整块地——那时我的岳父还没有过世,也没有分家产——她竟然自作主张要全部给我,说因为我的回忆和青春在那里,也因为在那里我第一次抚摸了她。

这样的离婚谈判自然是轻松和略带伤感的,我们甚至都没有大吵一声。出于补偿,即使是谈判的当晚,我也尽心尽责地履行了丈夫的职责,十分卖力地表现……

就在我们开始谈这些细节的过程中,有一天,我太太匆匆出门,她的电脑开着,QQ 一直在闪烁,克制不住的好奇心使我打开了她的电脑。

我先看了一下她和她的闺蜜前一天的聊天记录,里面抱怨了一些她姐姐的事。比如她姐姐去年光花在一块表上的钱就有三十几万。这个信息让我大吃一惊。家里的生意,我没有刻意打探,但是能拿出几十万买一块手表,可见他们的财富远远高过我猜测的那个层面。换句话说,我太太千万身家,不,亿万身家也是可能的,毕竟电线电缆和棉纱的利润这么高。我看完这一段聊天记录,发现自己全身上下竟然汗津津的。我又点开我太太和另外一个闺蜜的聊天记录,这一回,她们聊到了我,聊到了我的婚外情。

我太太告诉她的闺蜜说,钱红是郊区的一个农民的女儿,她上面有一个残疾的哥哥,腿脚不方便干农活儿,快三十了还没有讨到老婆(这也是我和钱红能够惺惺相惜的原因),而郊区的风气是,讨老婆必须先盖三层小洋楼,尤其像钱红哥哥这样身有残疾的,还必须得有更多的彩礼才能娶到一个普通人家的女孩。我当然知道这也是事实。我太太在 QQ 上对她的闺蜜说:

我算了一笔细账:钱红一个月两千多块,她父亲还有风湿,手脚都变形了(这一点我也听钱红提起过),而且重男轻女的思想格外严重,每月钱红的工资一发,他就打电话催个不停,让她交钱回去(这些情况属实)。钱红这几年简直被钱逼疯了,谁都知道这个事啊!

我太太在电脑上打出一连串哭丧着脸的表情包,接着说,可怜我老公这个人,过于单纯,不会算计,已经享惯了福,就算离婚他能分到一笔钱,这笔钱很快也会被钱红拿去帮她哥哥盖房结婚;就算我不要他给女儿抚养费,他自己的父母兄弟还在伸手等他接济呢。这个社会对他本来就不公平,这些担子太重了,没有人为他撑腰。就算他去卖血,也维持不了多久啊……他得找一份月收入两万元的工作才能应付得过来。

往后余生,我老公都有得苦头吃了。我都梦到他被这些人活活榨干了,穿得破破烂烂,缩在护城边的桥底下,苍蝇臭虫在咬他！

　　看完这些聊天记录,我最初的反应是气愤不已。第一个念头是她一定找私家侦探了,因为她看上去比我了解得更多(而且也更准确)。我一心想着去责问她,可是又觉得昏头昏脑,胸口发闷。我站到阳台上想透口气,正好一辆汽车从门口开过去,一道强光打进房间,像是一把刀子,正好扎进我的眼里,我晃了几晃,才没摔倒在地。

　　那天晚上的情景我也是历历在目啊。

　　我冲出家门时,刚下过一场冬雨。街上冷冷清清,偶尔一辆大货车从身边呼啸而过,大货车溅起大片泥浆溅得我浑身潮乎乎的。一幢幢楼房拔地而起:灰暗的围墙,冰冷的窗户,这些房子让城市一天一个模样,只要三五天不出门就有迷路的可能。我漫无目的、身不由己地走着,不知不觉到了钱红所在的医院。我知道她正在上夜班,但我没有进去。我心里有种说不出的滋味,不知不觉转换方向,向我曾经工作过的工厂走去。就是我太太在网上提到的护城河边,曾经昏暗的河道上竖起了路灯,河道两旁砾石堆成小山似的,巨大的起重机的阴影覆盖住我的影子,沟渠正在被逐渐填埋。这里有我太太的产业,相信将来会建立新的商业区……说来奇怪,这块我生活过的地方,这会儿让我有一种病态的恐惧,远观这一片已经陌生的土地让我感到毛骨悚然。我好像看到自己缩在角落里,就等着一铲土把我埋进去。我停在河堤上,当时正是严冬,地面上结着白白的冰霜,像铁一样硬。一阵冷风,我感觉有一种新鲜的暖乎乎的东西从胸口往我的喉咙乱窜,这是一种无法言喻的东西。一开始,仿佛是绝望,似乎无路可走,再后来,我以为是爱的思念,但最终,我突然明白过来,这是一种深深的感动。换位思考一下:如果你是一位受到背叛的丈夫,你会不会静下心来,还想着妻子的将来如何保障?你会不会被愤怒占满整个灵魂?你有没有想到要报复,甚至同归于尽?但是,我太太,她担心的是我的生活,是我能否获得幸福。

这是我从她身上获得的第二次感动。这感动使我泪流满面,情不自禁地蹲在地上,久久哽咽不已。

屋里一阵剧烈的笑声响起,感应灯又亮了。冷先生抬起眼睛,停住了。我保持着倾听的姿势没动。我觉得此时动来动去是对他的冒犯。我也没有催促他。像没有刹车的自行车遇到了下坡路,他的故事不会就此打住。

我回到家的时候已经下半夜了。我太太一见到我,立刻扑过来,她捧着我的脸对我说,啊,我以为你出什么事了,我太担心了,刚才新闻里还说街上出了一场车祸,有人被大货车卷进车底去了。

说着,她掩面哭了起来。如果我没记错的话,这是她第一次在我跟前放声大哭。她的哭声越来越响亮,几乎声嘶力竭。这时,我才开始仔细地端详她。与刚认识时相比,她看上去更强壮——发黄长斑的皮肤,有力的臂膀绷住了衣服。不,她是多么脆弱啊。这可是我第一次见到她哭。她稀里哗啦地哭,看上去却有一种柔和的感觉。她在哭,可你能感觉到她的动人,她的脸尽管比刚认识时更苍老,但那种丑的感觉却消失了。是的,她哭的时候一点也不丑,相反,露出的软弱和痛苦,使她变得很有魅力。客厅里有一面镜子,在她痛哭的间隙我一抬头,看到了自己年轻的身影和英俊的脸庞。我的肤色苍白,看上去像是病了一场,但完全没有年轻时的营养不良,也没有过去的愤世嫉俗,相反,是保养得当的精致。那也是我第一次差点爱上自己呢。过后,我几乎毫无睡意,在房子里四处走动。客厅里的欧式家具、大背投彩电、厨房里德国进口的不锈钢锅具、浴室的按摩浴缸,这一切,突然变得无比可爱,同时,从自己的眼睛里,我终于确定了:我处于一种深深的感动之中,我感动于她的爱,感动于她的痛苦。表面上,她是受害者,但她脱离了她的外表,也脱离了我。她让我敬佩起来。

很奇怪,感动升起的地方,爱情消失了。你看,多少人可以谈情说爱,但又有几个人在这个时候这样从对方的角度看问题呢?

我毅然决然地跟钱红分了手。我是打心眼儿里没有想见她的兴致,我又有勇气面对眼前的生活了——陪女儿做作业,去老裁缝那里拿定制的西装,给厨房里缺损的挂钩重新上一个螺丝。虽然想起她的模样还能唤起强烈的欲望,但过去的意乱情迷、挥之不去的紧迫与无力感消失殆尽:带一个漂亮姑娘回乡下显摆,在朋友面前的吹嘘,不过是满足浅薄的虚荣心。像我这样没有能力的人,离开她也许是她的幸运,她一定能找到更有担当的男人。这样一想,我彻底释然了。

事情就是这样,一个世界只有一个位置留给你:你是一个享乐的人,你就不能同时做一个勤奋的人;正如你不能是一个被感动的丈夫,同时又是一个信守诺言的情人。我后来再也没见到过钱红。有意思的是,离开钱红后,过去那种寻欢作乐的欲望好像也如潮水一样退去了,我之后好长时间对其他女人也失去了兴致。

生活回归了平静之后,我的思想发生了巨大的变化。我算是领悟到了期待与结果之间惊人的差距。你想一想,还有什么比我这种婚姻更自由?我周围那些结了又离的,大动元气之后还不是重复着经历过的新欢旧爱。只要看一看身边那些把自己弄得灰头土脸的人,我就能打消重新来过的念头。

冷先生讲到这里的时候,屋内竟然有人轻声哼唱起《鸿雁》的调子来。有人在拍掌附和,有人发出叹息,有人大声地提议举杯——像是为这种伤感难为情。我们静静地听着,以为这酒局恐怕还得持续一阵子,可是突然,刚才打牌的一位先生竟然向主人告辞了,理由是孩子们明天还有小提琴和跆拳道课,有人发出不乐意的嘘声。可欢乐过后总是离别,大家跟他挥手,挨个儿说"再见"。我们也站起来,在屋角与之挥手道别。车门关上，汽车发动。汽车掉头时灯光忽地一下照过来，就那么一小会儿，我一眼瞥见了冷先生。他似乎步态不稳，背部有佝偻的迹象，看上去像个老头儿。我心里"咯噔"一下，竟然有种大失所望的感觉。重新落座后不久，董先生探出头来邀请我们其中的一人去补缺。冷太太则站在董先生身后，微微往外探头。

哈，我是什么牌也不会玩的。冷先生温和而又无动于衷地拒绝了。

我也是。此时此刻，除了坚定地陪他坐在这里，我似乎退无可退。

我们谁也没有先开口，好像轻易开口就会破坏了什么似的，只是静静地听着屋内的动静。

不一会儿，我们听到某位女士被拖到桌前，牌局又开始了。有了女人的牌局，话题零乱起来。那位有文身的先生，据说在国内有一家大企业，因为他包的饺子大受欢迎，加上他喜欢钓鱼，后来嫌剖鱼太麻烦，经常把钓到的鱼放生，他准备开一家中餐馆。那位女士温柔地批评他歇不下来，说没见过哪个腰缠万贯的大老板变成一个中餐馆小老板。再说，中餐馆的钱可难挣了，不是光会包饺子、钓鱼就成。他不屑地反驳说，其他的可以学嘛，再说先亏点钱也不是大事。要不然，坐在家里等死吗？

世界冠军变成装修工人，堂堂大学教授在幼儿园看孩子……到美国之后，总能听到奇奇怪怪、不太平常的故事。

譬如昨天我就听到办公室的同事说在地铁上看到了成龙——从理论上说这是不可能的，可是基于成龙这样容易辨认，他被认错的可能性也很小——唯一的解释，人有时会混淆真实和虚构。再譬如我的一位邻居，明明是个单身汉，不知出于什么缘故，他虚构出一个妻子和一对双胞胎留在国内。这个虚构故事除了让他一次又一次失去爱情的机会外，对他的好处到底在哪里呢？

"爱情"这两个字一下子触动了我的神经。我想起女友第二次提出分手的情景。那次分手说起来跟董先生有点关系。此前我通过女友结识了这位老乡。董先生对我的印象很好，他正准备和我的导师达成一个项目上的合作。之后他委托我帮他完成一些申请资料的补充和翻译。他给出的价钱很诱人。临近我女朋友的生日，我很想帮她买一条亨迁顿街上爱马仕橱窗里的那条"H"形项链，那是她名字的第一个字母。我知道她很喜欢。

董先生对我的工作很满意。但是在项目快要接近尾声的时候，他向我提出了一个我难以允诺的请求：透露一些另外几位申请者的情况给他。我的确听我导师提过，但这与我的工作范畴不相干，也违背了公平竞争原则。我毫不犹豫地拒绝了。当他再一次提出来的时候，我果断提出终止合作。

这个赚点快钱的好机会，就这样被我浪费了。

当天晚上，我女友突然向我提出分手，然后在我想说点什么的时候,坚决地伸出手示意我停止。她说,你不要又以为我是因为买不了项链而跟你分手,如果你那样看我,就是对我的侮辱。

她的话这么坚决,我看着她的眼睛,听她说分手的理由。

她说,我觉得你的情商很低,这么多年来,你从来没有浪漫过一次。

这不是她第一次对此抱怨。每每她一开口,我马上就会认错。因为,我长时间在资料室流连,甚至经常忘记了吃饭,忘记了她,这样的事都时有发生。但我牢记"认错"是必须的。

她接着说,你岂止是不懂得浪漫,你甚至都不会做人。你想一想,我们不在原来的城市、原来的国家,在这里人生地不熟,一点人脉都没有,好不容易遇到一个这么有成就的老乡,你却这样轻而易举地得罪了他!

可这是原则问题。这对其他的竞标者不公平,我的导师知道了,也会对我失望的。

这世上不公平的事太多了,何止多这一桩。我女朋友说,你应该清醒清醒!要是五年前,你这样有原则,我觉得很好,可是现在,我们算什么呀,哪儿有资格讲什么原则和公平?你为什么还没有学会变通?你看看那些成功的人,一定有高情商和变通能力。我承认你是一个有正义感的人,但你不能完全脱离现实来考虑问题。

现实是如果我真的那么干了,董先生也会瞧不起我的。

他们那些人,只会瞧不起穷人!

说完她停了下来,她比较介意我认为她嫌弃我穷,所以急急地补充说,他们尊重你的才华和知识,这就是为什么他雇用了你。如果你不得罪他,他一定会回报你的,他至少会给你一些机会。

我不需要他给我工作,我找工作不成问题。

机会不是工作,为什么你不懂呢?啊,我真是太生气了,你竟然一直以为我为那条项链生气。我并不在乎那条项链,那根本不算什么。从此以后,都不要这么简单地看问题了……你竟然完全不明白你自己的处境。

在此之前,我们之间不曾有过什么矛盾。一想到她用过去少见的批评和嘲弄的眼光直视着我,到现在我还感到不安。

你,为什么,为什么木讷到不可理喻的程度呢!你都二十七岁了,应该醒醒了!

如果我没有记错,这是她对我最严重的指控。我有点发蒙。出于求和的本能,我再一次道了歉,但是,那些资料我仍然没有向董先生提供,我始终认为我如果提供出去,有违我的人品。事实证明,董先生并没有往心里去。后来我们一直时有联系。比如像今天这样的夜晚,我竟然在董先生家交到了朋友,还能够与对方推心置腹。

这一次分手,更像一次冷战。她说要去她的闺蜜家住几天。我从来没有想过会跟她分开。我的人生中早就确定了两件事:一件是好好学习,另一件是给她幸福。我不停地给她打电话,一心想着挽回她。那时看来,所有的误会都会化解。也许是我的执着,也许我的电话让她不胜其烦,三天之后,她回来了。

那次短暂的分开,使我品尝了过去几年都没有品尝过的痛苦,我意识到她在我生命中的地位。之后,我加倍珍惜她,甚至准备在毕业之前就向她求婚。但是,她之后的态度变得很陌生,很难以接近。有时候我半夜从图书馆回来,她还没有回来,一回来就喊着累;有时候早上醒来,就看到她呆呆地凝视天花板,变得深沉又忧伤,令我深感不安。这个情景没持续多久,等待我的是第三次,也是最终的分手通知,以及一张回国机票。

回忆使我的情绪越发低落,我把目光转向冷先生——只有他的故事能让我暂时忘记自己的处境。

说到我太太给我的第三次感动……冷先生等我提出来,已经等了很久。他清了清嗓子——

第三次是在我四十岁生日过后。那时我女儿已经来到美国念高中,我的生活更加安逸,外面那些艳遇对我的吸引力越来越小。究其原因,如果有一个女人,你仅仅贪慕她的肉体,你知道也没几天新鲜劲,可是人家非要海誓山盟,或者有强烈的意愿嫁给你,你要怎么办? 再比如你送给她一千块钱的礼物，本指望她满心欢喜，可她却念念不忘那一万块钱的包包，你又要怎么办？还比如，你奉上你的真心，一心一意想让她快乐，她却根本不在乎，只是想着用一个漂亮男人来填补她内心的空虚，你能怎么着呢？哎呀，这种令人大失所望的落差时有发生。有时，看到漂亮的姑娘释放出爱情的信号，我也有心好好爱一场，可是一想到要学会不脸红地撒谎，找各种借口出门约会，还要在时间上精确计算才能确保平安无事，实在难以应付，让人烦不胜烦。为了避免麻烦，偶尔碰到个顺眼的女人，再开心我也不会失去理智，不要说给电话号码，就连姓名都不会轻易透露。我变得越来越挑剔，越来越不合群了。

并且我发现身边的有钱人越来越多。不管走过多少弯路，经历了什么风波，无论是早年买房子发财的，还是炒股跌了大跟头的，即使婚姻失败的，大家都各有成就。比如王强，经营着三个连锁饭店。这家伙有多少本事我是一清二楚的。现在老朋友见面，大家都是"王总、王总"地叫他，而我呢，说得过去的外表，殷实的家境啦，说到底，都太普通了。人生过半，发现自己站在一条一望到底的玻璃桥上，既看得清怎么走来的，到哪里去也是一望到底，一点点惊喜都没有。我有一种被生活欺骗的感觉。我常常开着车到僻静无人的地方，打开车门，看着浩瀚的星空，想着自己一事无成，成功人士的尊贵感，我只能靠想象来完成，想着想着竟有万念俱灰之感。

我太太很快看穿了我的心思。她说，虽然我不赞成你出去吃苦，也不想让你活在压力之下，毕竟我们的条件还好，但是你愁眉不展，我也不开心。她主动提出给我五十万，说，如果你喜欢，就去创业，怎么样？还能怎么样？世界上真有这样的女人，能力非凡，性格果断，愿意付出，懂得怜悯，能够和我感同身受。她从来没有让我失望过，她是我的知己。我在心里暗下决心，打定主意开创一个新事业，让人刮目相看。这个念头牢牢抓住了我。

你可能想不到，用了不到两年时间，我的创业宣告失败，前前后后亏空了上百万。我失败的原因总结起来有三个。

第一个是我对创业的艰难估计不足。我根据自己十几年来的经验，决定做一个高端男装品牌。我亲力亲为，从寻找高端面料到请设计师裁剪缝制，甚至连代加工厂的工人素质培养都一一操心，比如我的服装厂工人每天工作不得超过十个小时。我非常清楚疲劳作业对产品的损害，怀着愤恨和不满的心情做出来的产品是缺少灵魂的。我要求工厂允许工人听音乐，久坐之后起来做做拉伸运动，我想赋予我设计的产品非凡的气质。这一切都没问题。问题出在租店面的时候缺少经验，精心装修不到两个月，拆迁令就到了，富丽堂皇的地方很快就变成了一片废墟。这一变故，让我白白损失了三十多万。第二次找门面的时候，稳妥起见，我入驻本市大牌云集的德基商城。我做过市场调研，只要这个城市有一百个像我这样有衣品的男士，我就能盈利，继而名扬全国，到其他城市开开分公司是不成问题的。

事实真是讽刺。门店开业的时候，我在报纸上连续投了一个星期的整版图片广告，收效卓越！我的品牌可算是尽人皆知，衣服款式、面料材质，都得到了认可。多少人慕名前来，拍照发朋友圈。形势看着不错吧？结果呢，人人嫌贵！看的人多，买的人少；更有钻营的小人，拍照仿制。那个时候正遇网络购物兴起，一件五千元的衣服上架才三天，一模一样的衣服就能在网上买到，价格还不到我店里的十分之一，真让人瞠目结舌。开业半个月，我的销售额竟然不到五万块钱。这些钱维持一个店面和背后的设计团队肯定是远远不够的。

第三个也是最要命的，在这节骨眼儿上，我太太和她姐姐的矛盾开始激化。我太太毫不客气地讥笑她姐姐"喜欢那些没有生命的死物"，她姐姐则拿我的创业说事。眼看着她们之间的争斗愈演愈烈，以至于企业里的员工开始公开站队，在我老岳父的干预下，姐妹俩坐下来谈判，最后达成妥协，谁也不能动用公款办自家的私事，任何人动用公司超过一万元的资金挪作私用，即算自动放弃财产处置权。表面上，这种约定可以治一治我大姨子花钱如流水的习性，事实上，真正受到冲击的是我的事业。就这样，创业不到一年，品牌建设刚刚完成，我就因为资金链断裂而关门大吉。

我大姨子呢，不满我太太说她的表是"没有生命的死物"，她开始热衷养狗。她养的可不是一般的狗，像什么埃及的皇家狗萨路基猎犬、秘鲁印加兰花犬和日本秋田犬。且不说这些狗买来要花大价钱，听我太太说，这些狗一个月的伙食费是我家保姆一家全年的伙食费。养狗的费用高过了她的预期，为了从公司拿钱，她绞尽脑汁，甚至不惜把我太太告到法院，还把会计师请到公司来查账。我岳父后来完全控制不了局势，连病带气，很快过世了。老人过世之后，姐妹俩就把公司一分为二，老死不相往来了。

你可能要说，你太太这个时候可以继续扶持你了吧？唉，事与愿违，这个时候我却变得消沉起来了，就算她愿意继续帮我，我也无心继续挣扎了。

实不相瞒，要是换了我太太来经营我的店，不要说我这三次危机，再加三十次她也能安然度过。我心里清楚得很。

那些日子我消沉得很，整晚孤零零地坐在自家的阳台上发呆，一待就是几个钟头，看着天一点一点变黑。我看着马路边的大排档摆出来，看着邻居家孩子的三轮车驶过门外的车道，看到路灯亮起，又看到一切消失，我淹没在颓废的气息中。说起来还挺有意思，坐得越久，越觉得自己像迷途的游客，又像个要饭的穷人。我还发现，只要坐在那里两个钟头不动，脸上的胡子就会噌噌地疯长，不一会儿，就能把我整个脸都包围住。

经过这次失败，我对这个城市厌恶透顶。这里再也不是过去我向往的模样了。到处是工地,围绕着城区的护城河已经被填埋,百年梧桐都被砍得差不多了,我刚来时的老街老店也都消失得干干净净了,取而代之的是网吧、奶茶店啊这些完全不熟悉的东西。人越来越稠密,天气也越来越坏,这一切似乎都是造成我萎靡不振的原因。我像吸入了一种剧毒农药,不仅对创业没了兴致,对喝酒也没有了兴致,对美食,对身边的人,更对自己的外表通通产生了一种极度讨厌的心情,甚至觉得活着一点意思都没有。我开始不修边幅,衣着随便,无心吃喝和健身,任凭头发大把脱落。我经常整夜失眠,睁着眼睛到天亮。我渐渐变成了自己年少时最不喜欢的那一类人。不久,我开始有一种将遁入黑暗的想法……好几回,我站在阳台上,真有纵身一跃的冲动。

我太太被我吓着了。她带我去各个大城市看心理医生,有的说是厌食症,有的说是神经衰弱,也有的诊断说是抑郁症……

现在我要说说我太太给我的第三次感动。

有一天早上,我睁开眼,天色已经大亮,我太太已经衣着整齐地坐在床边。她在等我醒来。

她拿出一沓材料来给我看。原来她已经进行过资产评估,并签了股份转让协议,只等着我稍稍振作一点就去工商管理局注册。

什么呀,我有气无力地说,我都要死的人了,你还想让我经营公司,再说,我也没这个能力呀。

不用你经营,你只管拥有这个公司,是这个公司的法人和董事长,其余的事我来打理。

这算什么事呀,有意思吗?

有意思呀!往后,家里的钱都在你的名下,处置权和管理权都真正属于你。你什么时候好利索了,就参与进来,咱们一起管。

就是说,我签了字,公司变更公告一发布,过去那些把我当客人的前台呀,秘书啊,主管啊,个个就会对我换了称呼,我不再是过去的冷先生,我是冷老板了。

振作起来吧,想一想这个世界美好的地方……

她摇晃着我的双肩,我无法动弹。她伏到我身上,令我更加透不过气……实不相瞒,在我所有厌恶的人和事中,就包括了她呀!她的厚实的肩膀,她的黑得发亮的脸膛,她那多肉而勒住丝袜的脚背……她的脸看上去那么索然无味,却又包含着深意。她是阻挡风雨的铜墙,是庇护所。我看着她的眼睛,她的眼皮垂下来,裹住这精通世故的眼睛,好像看穿一切,又好像什么都不知道。她的脸已然悄悄变得丰富,但即使她老了,某一部分年轻时的模样,仍然保持着。这似乎是一个记号,让我认得出她,让我能够回忆起曾经的一切……她不常说什么刻薄话,可是她身上每一处都在提醒我要丢掉那些不切实际的幻想……我终于看清自己身上那可笑的优越感和伤感——我是配不上我太太的。

这么一想，自尊心带来的烦恼消失了，我的厌世和厌食都奇迹般地不治而愈了。

我现在身体各方面都很好。能吃能喝，一点毛病都没有，跟你这个年纪的人几乎没多少差别呢！他向我伸出胳膊。他的小臂紧致有力。自信加上财务自由，这是他能够赶上这个浪潮，到这里来养老的原因之一。

一钩残月挂在天边，从我们的角度，影影绰绰的树梢拦住了月光；黑夜之中的树梢仿佛比月亮更神秘，更有威力。

冷先生笑着总结说，因为这三次感动，我相信了一点，人与人能够在一起，绝不能因为爱情，相反，是因为至少三次以上的感动。爱情调动着你的情绪，可是感动，却能让情绪归于平静。

美国是一个环境优美的国家，也是个更加文明的世界。我小时候，会打架的男人有气场，这里呢，男人的风度是不跟人争执，不居高临下地对待服务人员和女性。即使遇到不公的事，也尽量心平气和、客客气气地说话。所以说，环境和审美标准都变了，我理解得没错吧？他端着酒杯轻轻摇了两下。我看不清他的脸，他的声音显得不确定，可能是醉了，也可能带着夸张和表演的成分。他说，你看，我现在每天喝点红酒，欣赏欣赏这里的美景，高兴的时候陪太太四处走一走。人活一世……人哪，活到我这份儿上，虽未读万卷书，可是算行了万里路。

明月已经高悬,露水打湿了我们的脚背,我突然感觉到饥肠辘辘。原来我从进门到现在只喝了一杯酒呢。我向冷先生打了个招呼,起身到厨房寻找食物。灶台上堆满了用过的盘子,冷太太正在厨房里收拾。见我进来,她从冰箱里拿出一块完整的蛋糕。我接过来,道了一声谢。此时我发现自己对她的印象发生了奇妙的变化。我从她的脸上看到了一种此前不曾留意到的生动之处。这种生动一时很难用语言形容,但绝不是"美"和"丑"这些简单的词所能概括。从我傍晚进门之前怀着那种奇怪的偏见时起,时间似乎有一年那么长。我不再觉得他们过于神秘和怪异,甚至高不可攀了。她如今似乎与她先生那俊美的模样不能分隔了。

我整个人起了一种变化,像是突然亢奋了。趁着自己心情激动,我带着一种谦卑而快乐的表情再次跟她打了一次招呼。我凑近她,对她说,我跟您的先生谈了很久,我觉得您大可不必对他不放心,就算喝多了,他也是一个心里很有数的人。

像是对她先生跟我的谈话了然于心,她笑了一笑,算是向我表示感谢。

她说,我并不担心他喝得太多,也不在乎他喝多了乱说话。他不是个有破坏力的人,要说这个屋子里谁最没有攻击性和防备心,就是他了。我也不是担心他喝坏身体,我这样做,纯粹是多年来的一种习惯。

我们还说了一些其他的很有礼貌的话。这时,又有一对夫妇带着他们的两个七八岁的男孩准备离开。这两个男孩身高、脸型都差不多,像是双胞胎,但是一个略胖,另一个则很瘦小。胖的那个活泼爱笑,另一个则沉默害羞。有点奇怪的是,他们没有出现在饭桌上,也没有出现在我此前的视线里。我今晚竟然第一次见到这两个男孩。他们在门口道别的片刻,冷太太向那位沉默害羞的男孩挥了挥手,然后转过头来,对我说,很多家庭都有这种现象,孩子们刚开始的时候都是一样的,但是长着长着就变得完全不一样了。我像他们这么大的时候,我记得,我父亲带我和我姐姐到乡下去看亲戚。亲戚给了我们一个水蜜桃。不知道你有没有尝过无锡的水蜜桃,那是世界上最好吃的水蜜桃,皮韧易剥,汁多甘厚,味浓香溢,入口即化。但是,我那天没有尝到。我父亲把水蜜桃捧在手上,指着前面的一个池塘,笑着对我说,你不是想要玩水吗?去吧,去玩一会儿。

　　我边走边回头看。我看到他小心地剥开水蜜桃的皮,捏着两端,让我姐姐一口一口地咬到嘴里。我这一辈子都忘不了我姐姐闭着眼享受水蜜桃的样子,真的太诱人了。但是,我父亲一点没有分给我一点的意思,我姐姐同样如此。后来我直挺挺地站到她眼前,表现出特别想吃的渴望,她也丝毫不为所动,干干净净地吃完了一整个水蜜桃,把光溜溜的核在嘴里含了好一会儿,才吐掉。

我还没有反应过来,冷太太话锋一转说,所以啊,这些年,我再忙都会专程开车去无锡买正宗的水蜜桃。现在市面上假的无锡水蜜桃那么多,我尝一口就能知真假。但是,我姐姐就不一样了,什么是好东西什么是坏东西,她根本分不清。她特别喜欢那些没有生命的死的东西,把那些瑞士名表当成心头好。她以为那是值钱的东西,我可一点也不稀罕呢。她不愿意带着这些值钱的东西出门,又不敢把这些东西单独放在家里,所以她哪儿也去不了。

她一口气把这些话说完,就好像她整个晚上一直在忙碌,在帮厨,在收拾屋子,就是为了到头来,像这样的时候,把这些话一字不落地说出来似的。

她的话使我不由自主地挺直了身体。我一下子记住了她顽强的意志力,与她的身躯是成正比的"STRONG"。这之前,我觉得整个艾尔克顿的华人之夜像一幅乡愁深浓的意味深长的油画,今天晚上,此刻,在这幅油画上面,有两条浓重、另类的深色油彩,使这幅画变得相当古怪,以及深不可测。

后来她又用轻快的、我刚进门时的亲切的声音补充了一句说,她姐姐沉湎于这些物件,反而对于真正的生活是不了解的。她后来竟然喜欢起狗来,可是,这些狗也只是增加了她的负担。她以为是慰藉,但无论是钱也好,狗也好,对于理解真正的人生是远远不够的。

在那个完全被冷先生占领的聚会上,冷太太的话,就算我当时没有听错，也会很快被冷先生的话语所覆盖。她先生进屋的时候，她停止了说话，牵起他的手，与主人握手告别。他们在门口也停留了不短时间，我听到冷先生客气地跟主人约定下一次在他家聚会的日期。我现在仍然能回想起他柔软的语音以及柔软的眼神，他的太太温柔地点着头。转身的时候，他特意给了我一个亲切的微笑，叮嘱我到时也把时间腾出来。他跟在他太太身后，走下一个台阶的一瞬间，他的后背显得孤零零、可怜巴巴，甚至有点跟跟跄跄。

他的形象就这么突兀地发生了逆转。现在的他，掩盖了我第一次见到他的印象；刚刚他出门的形象，又掩盖了下午他给我的印象。变化如此之大，令我有点错乱。他走后好几个钟头，他的喃喃的声调仿佛还停留在我的耳边。他的离开，唤起我内心的孤独，使我比刚来时还要不适。随着他的离开，他激起某种涟漪——那微微的、颤动着的涟漪——慢慢消散，最终，他带来的气息彻底消失了。

另一间屋里的人，只剩下先前几个打牌的还在。他们的声音很是疲倦，即使因打出了一张好牌而发出夸张的喊声，这喊声里也有一丝勉强。孩子们不知去向，可能已上楼睡觉，或者被女士们先带走了。

我坐在客厅的沙发上。茶几上有孩子们的玩具，客厅的墙壁上竟然是空的。虽然嫌弃前主人留下的画，可董先生还没有来得及为房子配上符合心意的装饰。可见，这世上符合心意的东西并不太多。

这样的夜晚，我的记忆却异常清晰，我想起前女友提出的第三次分手，也是正式分手的那次。

跟头两次一样，也是那样突如其来。我们在学校附近的公园散步，听到两个印度人在用英语交谈。

他们的口音非常重，声音还特别大，因为彼此听不明白而着急上火。我想起了网上关于印度人口音的段子，我看了一眼女友，以前我们看到不寻常的事情时也会这样相视一笑。这一次，她假装没有听到也没有看到。一直到远离了两位印度人之后，快到家门口时，她突然停下来说，你是不是觉得自己的口语很好呢？

这种挑衅的口气并不常见。我一听就感觉来者不善，一下红了脸，我支支吾吾地说，还行吧！

其实并不好。她的目光变得凌厉，嘴唇紧紧地抿住了。她说，你的单词量和听力的确很好，但你的口音有时候很好笑呢。听你在重要场合说英语，我每次都捏一把汗，生怕别人会笑出声来。

我当时的反应，现在还记得一清二楚，一阵酸楚袭击了我，我的喉咙发出了吞咽声。如果她在日常生活或者在为人处事方面打击我，我都会欣然接受，毕竟我不觉得那是特别重要的事。但是，说到口语，来美国这么久，英语已经成为我身体的一部分,是我安身立命的本钱。与其说我的自尊心受伤,不如说我被搞得不知所措。

趁着那种尴尬的气氛,她再一次提出分手。我们之间三观不合,你喜欢做研究,我喜欢热闹的生活;你向往儿女双全,而我,一直想做个丁克呢。她顿了一顿,继续说,我觉得这样下去越来越不快乐了。请你尊重我的决定。

趁我没有回过神来,她收拾了自己的行李,搬了出去。我意识到情况不妙,想着如何沟通的那几天,她发来机票信息,让我不要找她,她已经回国。她说如果我下学期再去纠缠她,她就会转学。

我突然回过神来:她最后说分手的时候,带走的行李是那样的少,简直连一只小小的行李箱都塞不满。那么,她冬天的衣服呢? 她的雪地靴呢? 她的小熊抱枕呢? 直到今天,我才发现,那些东西早就无缘无故地不见了。

在这万籁俱寂的别墅,只闻蛙鸣如鼓,令我错愕不已的更多的细节一一清晰地出现。比如面对董先生家的草坪,女友质疑打理困难,我安慰她说,董先生付得起。如今我才听出自己当时多么的心虚。而这心虚,我的女友,她早在当时就有清楚的认识,并且,对我的前途有了不乐观的判断。

这些细节从来没有消失过,只不过一向只以为把书读好最重要的我,没有真正的勇气面对它们罢了。

一切幻想都已破灭。无论我做了多少努力,其实早在第一次她提出分手时就已经无可挽回了。失去她是早就注定的事,甚至在我还不知爱情为何物的时候,而不是决定来麻省的时候就已经注定了。我一度痛心疾首,认为是自己对学业的过于专注导致了我们关系的破裂。事实上,这是一个方向性的大错误。在今夜之前,我的反思都走错了方向。我的前女友一定察觉了我至今才承认的事实,那就是:我一直承诺要给她的生活,已经不是,或者本来就不是,她想要的那种生活;我的承诺,对她,甚至已经成了一种折磨。

我感受到自己的心脏剧烈地跳动,我突然开窍了:对于我的失恋,今天在场的每一个人都假装不知道,他们都像对待冷先生一样,装着对我的失恋和失败置若罔闻,其实他们可能比我了解得更早、更多。

就在昨天下午,我还用同情的目光看着眼前这些人。他们带着不知从什么行业赚来的钱,年纪大了,英文不好,假装自己和在国内一样充实风光,是故事的主角,搞不定就美其名曰是"文化冲突"。他们还不在文化里,只在边缘踱步,沉湎于新鲜景致,哪里有什么冲突呢?他们的生活乏味着呢,他们在这里摸索商机,享受空气和酒,常常有大把的时间不知如何消磨。我呢,还当自己与众不同而沾沾自喜。多么可笑!说什么知识已经改变了命运,假装不知道女朋友离开的真实原因,似乎自己的黑头发、黄皮肤不是什么事,仿佛所有一切都是自己决定的。

就算已是七月天气,凌晨仍然是一天中最冷的时候,我的腿瑟瑟发抖。周围一片陌生。我的意识开始混沌，随时有遁入虚空的可能。在他乡暂旅的微光之中，某种在被遮蔽状态中的情绪悄然显露：她并不是抛弃了我，她其实是在否定我，如同当年她对我的崇拜，肯定着我从小到大的努力；如今她的离去，不仅否定了我们的感情，也否定了我的目标和方向。仿佛一道闪电划过，照亮了一切，这一刻变得令人不能忍受。再也没有比这一夜更漫长、更折磨人的了。这就是我现在的处境，这也可能是我的将来，像被镶嵌在水泥里的事实一样很难更换的未来。

我很后悔没有留住冷先生，不然的话，现在分享故事的就应该是我了。想到这里，冷先生那微醺的脸再次出现在我眼前，他仿佛正摇头晃脑地用一种冷式温柔总结说：

我真是感动啊，她那么年轻，却甘愿过那么清贫的生活，真是了不起。你读博士的第一年她可能就已经看到你的专业不占优势，后来认识了那么多的有钱人，却要每日回到跟你合租的嘈杂的小公寓，她一定独自承受了你意料不到的压力，不得已才做出了离开你的决定。

我好像真的听到了冷先生一板一眼的分析，扑哧笑出了声。我起身走向窗口，有一种想夺门而出的冲动，但是我的破车停在靠里的位置，外面有两辆车挡住了车道。那些信誓旦旦要坚守到天亮的人，都没有兑现他们的诺言，或驾车而去，或倚靠在沙发上睡着了。打过的残牌散落在桌面上，陪着几杯未尽的残茶。

不知道过了多久,窗外渐渐发白,曙光出现了。我走出后门。天空雾气浓重,无声地贴在树梢,跟昨天黄昏的感觉刚好相反:遥远的海面上巨大的浪头在翻滚。置身这昏白无声的海港小城的黎明,这座房屋和它旁边的那些更大的房屋,以及屋前开放的花朵也跟昨天完全不同了。对于天空来讲,这里就是个完全不起眼的边角,我比我以为的还要渺小百分之一,即使"微不足道"也无法形容我身处的位置。我走到马路边,朝两头看了看,树木向远方延伸,道路划出一条坚挺的弧形也向远处而去。我觉得脑子里乱糟糟的,昨晚的一切都不像是真的,不,过去的一切都不像是真的。

　　我独自走向那个石阶,现在,它孤零零地立在清晨的雾气里。我呼了一口气,踩上去,试着走了起来。才走了五六步,突然一个趔趄,失去平衡,掉到了另一侧。我完全没有思想准备,貌似柔软的草地比想象的要生硬得多,腰和臀部受到了重重的撞击。我爬起来的时候,鞋和裤腿上沾满了露珠和草屑,甚至脸颊上也沾上了凉丝丝的露水。发现自己错判了形势,高估了自己,我左右看看,希望自己狼狈的样子没人看见。我可是品尝了露珠的滋味——如果这会儿某个晨跑的人发现我跌了这么一跤,我大可这么自嘲一番。突然,树枝一阵颤动,一只窥见了秘密的松鼠忽地蹿走了,过一会儿,它又在草地另一侧探出头,看来想看热闹的心不死。我回到石阶的起点,但却没有意愿再跨上去。抵抗漫漫长夜,并非坚持不昏睡,而是正确预估难度。而眼下,我这样的状态,就算再给我一次机会,我也无法保证不从石阶上掉下来。

太阳仿佛被什么弹了一下,腾地跳出地平线,紧贴在大海的边缘。金色的光芒在树尖上闪亮,层层树叶密密实实,眼前的一切罩在阴影之中。

伙 伴

1

耀祖被关在苏南一个看守所已经有一年多了。十二月的南方已经很冷了。尤其是昨天突如其来的那一场雪,雪花柔软细小,无声无息,但很快铺天盖地,把整个世界全部包裹进去。树梢、屋顶、马路、草地,还有工人们的清洁桶和睫毛上全都是冷冰冰的雪。看守所应该比家里更冷。南方没有暖气,虽然许多人家不舍得整日开着空调,人们还是有各种办法抵御严寒。然而,看守所就不一样了。我想到看守所的时候就想到冰冷的石墙和铁栅栏,我想到关在那里的人一定在瑟瑟发抖。许多电影里都有这样的镜头。我曾经参观过一所女子监狱,从表面上看,高墙大院,跟普通的工厂没什么区别,可是进门的时候,没有指令,那些门根本打不开;而且最外层的门又高又重,拉开的时候会故意发出刺耳的声音;进了大门,从逼仄的走道拐几道弯,之后,还要站在两扇厚重的铁门跟前等很久。陪同人员为了缓解客人的压抑,会向你解释这个程序为什么这么复杂。傻瓜也会心知肚明。进去之后,供参观的犯人宿舍都非常整洁,没有一样尖锐的东西;车间也跟普通服装厂没有太大区别,只是普通服装厂有男有女,但这里,只有清一色的女人。我注意过一个非常漂亮的女孩坐在缝纫机前,在我们参观的十来分钟里,她的眼皮一次都没有抬。她让我想起上学时最漂亮的女同学,公司里最受欢迎的女同事以及电影里的女主角。她的冷漠而年轻的脸让我十分好奇,我盯了很久,但没有机会跟她说话。

　　如果没有这个消息,耀祖将在我的日常中被忽略,只有逢年过节思乡心切的时候,他才会重新出现。但现在,耀祖令我回想起见过的那座监狱,想起缝纫车间里高高的玻璃窗口闪烁着的冷酷无情的光芒,想起记忆中存储的各种真真假假的监狱画面,当初的好奇心荡然无存,留下来的是浓重的苦涩的滋味。每天早上,我起床后就感到苦涩,每晚入睡前,我仍然被苦涩的感觉包裹着。然而,我一点儿侥幸心理都没有,没有像正常人那样问一句,是真的吗?会不会是一场误会?我的内心丝毫没有替耀祖辩解的意思。盗窃、抢劫、打人都是有罪的。耀祖有罪这件事渐渐变得像石头一样,坚硬顽固,无可挪动。后来,我明白了,耀祖的人生,无论经过多少流转,不过是从前那个世界的延伸,跟想象的一样糟。从很小的时候起,他的脸上就明明白白地写着那些信息——我因为年纪小,因而无从表达。但我隐隐有预感,关于耀祖,关于耀祖的命运,早有定局。

我无法称耀祖为朋友——如果一个人你在近二十年里只见过四五次面,每次见面连话也说不上几句。他也不是我的前男友,不是亲戚,我们没有血缘关系。

他是我的童年伙伴,他的父亲也是我父亲的童年伙伴,我们两家比邻而居差不多七十年了。我们同一年出生,一同在那个小孤岛上长大。十五岁起,我们去不同的地方上高中,之后只有逢年过节才见面。又过了几年,我们各自在不同的城市讨生活,见面的次数变成三五年一次。算兄妹也是可以的,但我们到底不是兄妹,如果是兄妹,我得到他进监狱的消息,这个时候应该站出来想办法,而不是仅仅缩在这里掉眼泪。但是真切的眼泪提醒我,耀祖,比我以为的对我还要重要,以至于我束手无策,如困兽在屋中团团打转。

2

耀祖被抓进去的当天晚上,我试着联系儿子。就今天而言,我的脑子里只有两个人:耀祖和我儿子。我儿子对我的家乡非常生疏,不像我们小时候,经常会去外婆家一住就是整个夏天。现在的孩子生命金贵,时间也金贵,适应不了农村的酷暑和苦寒。他一岁那年春节,我带他回乡下过年,正月格外寒冷,冰锥子挂在屋檐上。到娘家头一天,怕他冻着,我们把他裹得像粽子,他很不自在,嗷嗷直叫唤,谁哄都不行,直到耀祖抱着的时候才停止哭闹。这是他和耀祖的第一次见面,他整整纠缠了耀祖一个下午。我们围坐在桌边打麻将,耀祖带着儿子东跑西颠。这就应该是耀祖,沉默无言,值得信赖,吃得了亏。到了晚上,孩子适应了江边的气候,也适应了耀祖,发出咯咯咯的欢笑声。之后我数次带他回乡,他仍然谁也不亲近,唯有见到耀祖,却能大大方方地走到他跟前,喊他"舅舅"。甚至他长大之后,只要提到外婆家、童年和妈妈的好朋友,我儿子总是说,妈,那个耀祖舅舅……

如今,耀祖身陷囹圄,我的儿子远在异国,我已年过四十,本以为一切已翻天覆地,可是令我牵挂、折磨我的还是这仅有的几个人,我的内心无比苦涩。冷战了五天之后,我在微信上留言问儿子 A-Level 的考试成绩出来没有。其实这只是个借口,我并不期望他的成绩能突然好到天上去,我只是希望这种冷战有理由结束,并且不是以我道歉的方式——要是道歉的话,冷战结束就容易得多。但道歉是个坏的开始,即使道歉,也应该由他向我道歉。无论如何,我要坚持自己的立场。我在养育他,我在挣钱供他读书,奋斗了半辈子,现在还租住着别人的一居室呢。我甚至也没有继续沟通的欲望，因为我不管说什么，他都会顶撞回来，有时候搞得我灰头土脸，都不知道手往哪里摆。我一片忙乱，脑子就不转了。等我理顺了，又想争执点什么的时候，人家发来语音说，我们都觉得自己是对的，我改变不了你，你也改变不了我，不如暂时什么也不要说了。

总之，我已经五天没有跟他联系了。但我知道他的动态。我知道他今天早上吃了两块可颂面包，喝了一杯牛奶；我还知道他昨晚凌晨一点还在跟别人语音电话。他的笑声通过他在英国监护人的手机传送给我，使我的心里既酸楚又欣喜。

我已经一年多没有见到他了。上一个暑假因为疫情他没有回来，我去英国的签证也过期了。回想他的模样，我的儿子最让我倾心的地方，就是他有一种从容不迫的气质。这种淡定和稳重，我以为是一种教养，也像是一种基因突变。我跟他父亲，我们这代人，这个家族里都没有这东西。我第一次发现他如此与众不同是在伦敦的街头。那是我第一次去英国，我们在街头走了很久。经过一条小巷时，天已经黑了，行人稀少，路灯昏暗，我很紧张，担心迷路，担心遇到电影里的黑帮火并，担心招停的出租车司机会抢劫我们。

不会的，妈妈。他说，有我呢，你什么也不用担心。说完不疾不徐地往前走。我现在回想起来，他也没有那么笃定，对这个地区也很陌生，四周没有参照物，但是，他没让我看出他一筹莫展。他的脚步不紧不慢，一直到灯火通明的地铁站，脸上才露出喜色，呼出一口气。

但这只是他在人前的样子。进了屋，安顿好，他一声不吭地走进自己的房间，房门很快被锁起来。说我们母子零交流，完全不是夸张；说他恨我，更不是空穴来风。现在，我多想跟他说说耀祖的遭遇，可是他没有给我这个机会。

3

在耀祖被抓进去的前一个月，我还见过他。在我小时候长大的村子，正月初三，到处都有疫情的坏消息，我们已经准备马上动身回城里去，以免道路被封。突然，我看到一辆红色的旧奔驰车停在我们两家房子的过道上。我听到耀祖的屋子里有孩子的声音。还能是谁？直觉告诉我是耀祖带老婆孩子回来了。我朝着他家的大门口喊了起来，像我小时候经常做的那样。长大了之后我们不会大喊大叫，但是回到村子里我们还是会情不自禁地放大音量说话。耀祖从门里走了出来。我俩距离上一次见面，已经七八年了，但是他认出了我，我从来没有怀疑他认出我。他叫了一声我的小名，然后就那样看着我。他老得有点狠，头顶已经秃了。一个小男孩站在他身边，我知道是他的儿子，但是外人肯定会说这像他的孙子。我相信我在他眼里同样老了，但我们都觉得那不是个事。他问我说，你一个人回来的吗？你的孩子呢?

他在国外上学呢,这是你儿子吧?我假装才刚刚发现这一点。

是啊是啊,五岁。小瑞都出国了吧?他的口气里有着掩饰不住的羡慕,以及更加复杂的情绪。他说话的时候就那么直愣愣地看着我。我装着没听出异样,轻描淡写地说,小瑞成绩不好,在国内上不了好高中。

可是那要好多钱。他还是直愣愣地看着我。他小时候就喜欢那样直愣愣地看人。我假装看不见那辆奔驰车旧得跟什么似的,反而提高嗓音很惊喜似的说,你买车了呀?

是啊,耀祖买车了。耀祖妈妈正等着我提起车的事呢。她喜滋滋地责备说,人家十年前就买车了,耀祖到现在才买车,还这么旧。

什么时候都不晚,我说,反正都有车了。

以后回来方便了。他妈妈说。他妈妈真的欢喜,去年她还在责备他没有开车回来,如今,因为车,她似乎和城市、和儿子的距离更近了。她的面容很舒展,但耀祖没有说话。

耀祖的儿子在叫爸爸。之后我回到自己的家,毕竟门外太冷了,我们都只穿了件毛衣。

但是,等我吃过饭站到门口,门口那辆破旧的奔驰车不见了,耀祖也不见了。

临时有事,老板让他马上回去。他妈妈告诉邻居们,也一并告诉我。他过几天还回来,他的老婆儿子还在这儿呢。

耀祖母亲脸上的光还在。光是一种很特别的东西，昨天她脸上还没有这种光，前天，以及之前的许多天，我们大家过年相见打招呼的时候，都没有，但是，在耀祖回来的这半个钟头里，光来到了她脸上。她已经很老了，大约七十七八岁，但她脸上的光让她神采奕奕，看上去精力旺盛。

　　直到我离开的时候耀祖也没有回来。他五岁的儿子独自看着江面，脸上隐隐约约能看出耀祖小时候的模样，如果不算冒犯的话，就是那种傻呵呵、直愣愣的神情。这个东西被原封不动地继承下来了。

4

　　关于耀祖妈妈脸上的光，我一路都在回味。我本人，并没有享受过这样的时刻，作为家里的长女，我的成长是无波无澜的，没有创造过什么奇迹，也没有遭遇过重大挫折。我不记得妈妈脸上因为我而充满了光，并且，我也没有从儿子身上感受到什么光荣的时刻。承认这一点很难为情，但并不妨碍我相信，即使一百岁的人，也渴望看到妈妈脸上的光以及为儿女而感到光荣。

　　我儿子长到十八岁，我只有在他出生后前七年享受了一个做母亲的快乐，后来十多年，基本上就是不愉快和烦心事居多了。不，这里面也有许多快乐的东西，但那些东西藏得很深，被其他东西覆盖了。

在他七岁之前,我相信我们都是真正快乐的。那时,我的想法开放,不拘泥于那些粗糙的成功学经验,信奉快乐高于一切,希望儿子在自然中锤炼出坚强的性格,我还希望他有爱的能力,懂得给予、分享,总之,我有自己的一套。我把房子买在近郊,虽然上班有点不方便,但近郊有更多的绿化、科技馆和露天公园。别的孩子小小年纪去学钢琴、跆拳道,我则教我儿子快乐和玩耍。他每天骑脚踏车在公园里快乐游戏,并且结识了一个叫陈逸的童年玩伴。陈逸的父母在教育方面与我们不谋而合,大人小孩都非常投缘。我们两家都没有刻意选择重点小学,两个孩子在同一年进入了小区附近的一所普通学校。

一进小学,我儿子王嘉瑞就显示出跟别人的差距。他成绩不佳,显然不属于那种有着惊人记忆力和学习兴趣的孩子,但这并没有引起我特别大的警惕。有一次,我看到儿子考了 83 分的试卷右上角画了一个圆,里面写着"40"。这是什么?我问儿子。

这是我的学号。儿子声音响亮地回答我。

但是,下一张考了 79 分的试卷上赫然写着"44"。你的学号会变吗?

不会呀。儿子歪着头打量着试卷。我意识到这不是学号,可能是排名。班上总共 45 个学生,这意味着我儿子的成绩在全班垫底。我有一种隐隐的不安。

第二天下午放学,我试着走到教室门口接孩子,主动和他的语文老师聊了几句。她证实了我的猜测：那的确是排名而不是学号。她很高兴我终于来找她谈话了。她告诉我，别的孩子都在上小学之前学完了拼音和百位数之内的加减法，王嘉瑞这方面基础的确很差。但是，她接着说，可以通过周末上补习班的形式让他追赶上学校的进度。

他不是笨，他只是基础差，只要家长用点心就可以了。

见我一副不是特别在意的样子，老师面露不悦，说，高考制度摆在这里，成功或者失败，一目了然。上重点中学，成为一个有用的、体面的、成功的人，表面上成年才能决定，事实上决定因素在起步线上，在小学、在每一天、在家长的观念里。她说得很有哲学意味。这是一位三十五六岁的年轻老师，她的脸上写满了世故和阅历。她的神情里有一种"非此不可""别无选择"的意思。她脸上还有另一层意思：你，和你的孩子，已经滑在了某种危险的边缘。我一阵心慌。

直到第一次参加家长会，我更真切意识到一个成绩不好的孩子在学校里的处境。我儿子应该还是懵懂无知的，看到妈妈坐在他的位置上，兴奋地咧嘴一笑，把书包往我身边一丢就逃开了。他在操场上做游戏，等我开完家长会带他一起回家。

数年之后想起那个家长会，我仍然感到毛骨悚然。

似乎上一秒还有和我一样的家长们，他们轻松愉快地交流，像我一样坚定地沉浸在给孩子一个"快乐、自然、健康"成长环境的理想中,决心当与众不同的家长,但是,班主任开口的一瞬间,就给乱糟糟兴奋着的家长们一个下马威。她简洁地问了声好,就步入正题。她列举了这个班同学的毛病和问题,说到自己承受的压力和劳累,还特别说到有些孩子给班级带来了很大的挑战。家长们停止交头接耳,端正坐姿。班主任说话的时候不与我们的目光对视,无法断定她在说谁的孩子。气氛很快变得相当沉闷,甚至令人心慌。紧接着,她开始表扬起几个孩子。她指着在一旁帮忙的孩子,列数他们的优点。她一再提到这几个孩子的名字,说他们有很高的学习自觉性,不让人操心,起到了带头作用。这些孩子被挑选出来在黑板上写欢迎致辞,他们穿梭在坐满了家长的学生位置间,把老师提到的注意事项发到每位家长手上。他们表现得相当自信,有点像社会上的成功人士。很明显,这几个孩子家长的表情松弛了。总之,令她稍感安慰的是,在这个糟糕的班级,仍然能被打捞出五六个近乎完美的孩子,这多少让她轻松了一些。不得不承认,这世上是有天赋异禀的孩子,他们在这么短的时间内就用突出的表现征服了老师,赢得了关注。

我渐渐发现,老师所有的批评和担忧里,都有针对我儿子的部分。但王嘉瑞根本感觉不到他就是老师嘴里那一类"粗枝大叶,上课容易分心,态度不端正,喜欢交头接耳"的亟待家长重视和修理的差生。家长会刚结束,他就蹿过来喜滋滋地牵起我的手。他的手热乎乎的,额头上有残留的汗珠。他不知道我的心情已经跌到了谷底。老师说了,孩子的问题就是家长的问题,学习的问题就是命运的问题。上升到这个高度,让我觉得胸闷。我的儿子是个笨蛋,这个念头开始蹦出来,我的快乐教育的理论这会儿也不那么笃定了。我妥协地想,我也不想做一个天才的妈妈,我只想做个普通孩子的妈妈,至少不会让老师觉得我的孩子是个麻烦,在其他的妈妈听到我的自我介绍时,不会"嗯嗯"地打着哈哈,而那些明星学生的妈妈周围全是赞叹的声音,这个场面太伤人了。

这算是我们人生的新篇章。我隐约感到王嘉瑞不是我希望成为的那种人:活泼、机灵、乐观,有主见,有好胜心。他不是。他调皮、爱玩,特别爱热闹的场合,可是见到大人却不会主动礼貌地打招呼,也似乎对成为一个坚强的人不感兴趣,不敢看恐怖片,也没有拆卸电视机的好奇心。四岁之前他只有两个创举:一次是把他爸爸的新手机放到装满水的茶杯里,另一次是剪碎了一床被子。关于被子,我逼问过他。他用有限的语言,表达了他的想法:他很想知道剪刀能不能把被子剪碎。他一解释我就原谅他了,不,甚至更爱他了。

但他是个笨蛋。这很让人沮丧,这似乎是个事实,有各种试卷上的排名为证。

这样的情绪随着学期的深入越来越明显。我对这个小学产生了一种恶感。我和陈逸的母亲做了一个简短的交流。她儿子的问题跟王嘉瑞一样，她本人压抑和受辱的感觉也和我一样，即使她面对的是另外一个班级、另一个班主任和另一群优秀的学生。

我和他爸都是名牌大学的学生会主席，年年拿奖学金，对我们来说，学习是自然而然的事，没想到我儿子从一年级就被认为是差生，在班上连个小组长都当不上。她的声音明显不够淡定了。

你本来就不稀罕什么组长……

我不稀罕是一回事，当不上是另一回事。

看得出，她的教育理念已经在转变。她的话让我对学校的恶感没有减轻，反而加重了。

快乐童年带来的后果没有因为我的重视而消逝，仿佛我不是让我的儿子享受了学龄前快乐无拘的时光，而是透支了人生的信用卡，要连本带息地加倍偿还一样。老师把班上的家长组成一个QQ群，每天在这里布置作业。一开始还只是布置作业，到后来，除了布置作业，就是班主任老师的训诫。班主任老师说，家长们想一想，我们这个学校本来排名就不靠前，升好中学的概率不高，如果再成不了尖子生，这样一路下去，连个普通的三本都上不了。这些都是用数据说话的，不是我们凭空捏造的。这些话隔三岔五就重复一回。许多家长点头称是，也有些无动于衷，我则被说得心灰意冷。数学老师好像长了千里眼，看到我不是滋味的样子，在群里补充说，其实并不难，教育，任何时候行动起来都不晚。她们就这样前后矛盾又配合默契地夹攻我。基于自己是如此的容易受人干扰，我决定打起精神，试着准备按照老师的意愿来教导孩子。负责任地说，这也是违背我自己的意愿的。每天晚上我逼迫他弹琴——既然他的同学都各有特长，这一点他似乎也应该跟上去。其余时间，我督促他写作业。我坐在他对面，算是寸步不离，直挺挺地看着他的手，间或用些空洞的话来鼓励他。一旦他的笔尖在纸上绕来绕去，不落下去，我就意识到他在开小差。那时我们尚可称为朋友。我常用感情来诱导他。我告诉他，就算全世界都背叛他，我也不会。但是，越来越多的冲突无可避免，一旦他拿回来一张排名倒数的试卷，一旦他的老师在我跟前讲他又犯了什么错误，一旦我参加过一次家长会，如此多的一旦，对我的耐心和爱心是致命的摧毁。

而且，毫无悬念，情况没有改善，他没有变成我和老师期待的那样的小孩。仅有的几次好的表现，数学考了满分，体育测试得了"优"，我们全家就出门庆祝，就是为了强化他对此事的记忆和愉悦感和追求成就的决心。遗憾的是，这样的时候非常少，少得可怜。无论我用了多少心思，他回报我的都是更差的成绩。即使试卷上出现他没有学过的内容，但别人同样能得到高分。毫无疑问，他的同学们不仅在学龄前就开始学习，现在仍在加速度进步，这使我无法去跟老师理论、辩解。我知道她们有一大套现成的理论在等着修正我，她们期待的是我狼狈不堪地点头称是。就算我如丧家之犬,她们也不会满足,不会原谅,最后还会放弃不管。儿子的成绩变成了我的弱点,我有时像他的同谋,是学校的破坏者和拉后腿者,我开始躲躲藏藏。遇到他们班长的妈妈,我也装着没有看见。那些意气风发的家长让我自惭形秽。到后来,我每天像贼一样猫在学校围墙后面,等他出来,带他回家。最折磨人的是每天傍晚,孩子们在校门口和老师们告别,但在那些欢声笑语背后,藏着很难体会的残忍。另外就是陪伴做作业的时刻,我明显能感觉到孩子的疲倦。他不勤于思考,对明明白白的答案也不知情,有时明显是想装糊涂逃过去。仿佛他觉得,只要他做得够快,妈妈就会布置更多的作业。别的家长的确是这么做的:如果孩子在学校把作业做完了,他们晚上会拿出来更多的练习题。但我没有这样的机会,我再三向王嘉瑞保证,早做完早休息。他不抵抗,只是消极地摆弄着作业本,一直磨蹭到夜色已深,我们彼此都疲倦不堪为止。这个交涉过程给我带来了极大的痛苦。我心里明白,比起一个快乐的童年,我更希望他成为一个优秀的、有出息的人。而他正用实际行动证明自己有可能朝相反的地方去。我常常忍着忍着,很想一跃而起,一巴掌扇过去,打到他目瞪口呆为止。

5

我爸爸退休之后,就生活在过去的老宅子里。他偶尔会

来我们兄妹几个家里转一转。他成了我了解老家人和事的唯一通道。在我把儿子送到英国读书的那一年,我爸爸带给我一个消息:

小林回村做善事来了。

这是村子里出的一件比较轰动的大事。这个事从我爸爸、从我同学和亲戚那里分别以多种版本传到了我的耳边:小林那年腊月向村里每位年过六旬的老人捐赠了一千块钱。有人说捐赠会年年持续,还有人说即将每人每年一万块。

政府都没有他那么大方,而且不需要啰里啰唆,左手摁个手印,右手就拿到了钱。

都说现在的世道坏了,我看却是更加好了。我爸爸补充说。

我们的村庄一直以来是一个边缘的、没有受到过任何重视的小岛。堤坝是泥土垒造的,房屋也是泥土墙壁。在我长大之后,许多房子重造后改用青砖,不过就那些青砖,都是村里人自己挖土、建模,在村口的小土窑里烧出来的。我见过许多孩子在这里出生,虽然现在他们都不知道去了哪里;我也见过许多老人在这里死亡,埋在村头的坟岗。我经历过发洪水,水位跟门槛齐平,武警们扛着沙包从大船上跳下来;我也见过江心里一闪而过的江豚。后来,大多数年轻人陆陆续续离开,出外谋生,留下老人和孩子。但是,严格来说,至今这个村子里的人没有享受过任何福利,也没领过任何救济。小林的壮举让村子里充满了欢乐。

后来又有人说小林在村口圈了一块地，说要造一幢五层的楼房，把村里行动不便的老人都拢在一起住，免费。

那年春节回去的时候，村里人都在说这个事。他们说他在学刘强东。

我对小林的记忆已经很模糊了，我只记得他是耀祖的表弟，仅比我和耀祖小两岁。小时候，他就是个大大咧咧、生性温和，最喜欢玩弹弓的小屁孩。他的家境也是一团糟，至少不比耀祖家更好。他的父亲是一个驼着背的、整天愁眉苦脸的老实人。小林没有朋友，只有跟在耀祖后面，可耀祖对小林的态度不好，因为小林身材矮小，常受欺负，又没有自己的主见。不管去哪里玩，闯了什么祸，最后承担责罚的总是耀祖。当时没有迹象表明，他将来会与众不同，有大成就，但在成年后我们各自分开近二十年，他衣锦还乡，并且成了一个大善人。那年正月我也见到了他。他穿着看上去昂贵的西装，迈着气定神闲的步子，对着菜地、荒坡和芦苇荡指指点点，像是在回忆，也像是要赋予这些事物新的意义。他后面跟着两个比他年轻的小伙子，像在陪他视察自己的江山。而我们这些同辈，仍然在各自的城市里过着平凡的生活。想到这里，我闪回屋子里。他走过来，邻居们跟他打着招呼，感谢他；他走过去之后，邻居们在背后继续夸奖他。

小林跟耀祖一起长大的，耀祖就没这个出息。耀祖的妈妈本来坐在门前的石阶上,她突然站起身来,颤抖着捂住自己的胸口,走回了屋。她非常瘦,她走过我们身边的时候没有发出一点响声。小林是她出了五服的远房侄子,就在刚才,小林经过她的房子,还亲热地问候她。她问小林要不要进来喝杯茶,小林说再找机会来专门看望她。可是突然之间,她表现出这样激烈的情绪。在场的人面面相觑,各自散开。

等到吃晚饭时,我妈妈告诉我,年前小林来发钱的时候,全村只有耀祖妈妈没有要。

小林自己并没有亲自来发钱,而是由他的几个下属来操作这件事,他们挨家挨户发钱和油。领过钱的只需要大拇指上蘸一点红泥,摁个手印就好。

他们并不清楚耀祖妈妈和小林的亲戚关系。他们把钱递给耀祖妈妈的时候,耀祖妈妈一口回绝了。

我有儿子。不需要救济。

这不是救济,有儿子也可以领。小林的下属解释说。

有儿子怎么能要别人的钱呢!耀祖妈妈早有准备,仍然客客气气地摆了摆手。

小林的下属并不喜欢强人所难。他们继续向前,去寻找下一户符合条件的老人。

村子里的人都不欣赏耀祖妈妈的做法,如果欣赏了,就等于承认自己的钱拿错了。因为没有儿子的孤寡老人才三五个,可是,现在领了钱的有五六十位。他们一致责备耀祖的妈妈"老顽固"。

"老顽固"没有悔改,她放出话来,就算小林建了房子,她也不会搬进去。她没有理由让别人给她养老。给她养老是耀祖的事。

这样一来,又像是对那些指望从自家房子搬出去的老年人的又一次嘲讽。老年人过来跟耀祖妈妈争辩说,这些留守在村子的老人零零散散地分住在埂上,有一个突发意外,其他人好几天才能知道,住到一起有利于大家相互照顾。

可是耀祖妈妈不肯,小林的房子还没有影子,她和邻里已经拌了好几次嘴。

她似乎一心一意对善良和关爱关上大门,主动脱离那种慈悲和照应,甚至和一辈子的老伙伴们公然对立。她卓尔不群的样子几近可憎。

真顽固,我爸爸说,我都不好意思责备她,她过得那么苦。我相信我爸爸说的苦,是对耀祖的思念,现在,唯有对儿女的思念是他们共同的东西。

我爸爸说,长辈那样做是不对的。

那次他来我小妹妹家,我妹妹三十岁生日那天,我们在一起说着闲话。我们姐妹俩目光对视了一下,被我爸爸捕捉到了,他急忙补充了一句,我会跟孩子们商量着决定,而不是自己一个人说了算。

他的话,显示他与耀祖妈妈有巨大而本质的区别。

我爸爸比我年长二十四岁，他竭力保持智慧犹存的样子。像年轻时一样，他每天都从生活的经验、从子女、从新闻、从各种突发事件中学习新的东西。但是，我相信他仍然有许多无法理解的东西。我的意思是说，我们能避免别人的错误，却未必能避免自己的错误。

6

既百思不解，又心有不甘，我的疑虑越来越重。出于对糟糕心情的改善，以及对儿子智力的疑虑，当然，老师的暗示也有些影响，我带王嘉瑞去了医院，检查他是否有多动症。诊断结果显示他一切正常，相当健康。脱离了学校，他和我都是正常的，连医生也说着正常的话。他说大多数孩子其实都不爱学习，不爱学习是人的天性。所有的学习和知识都是成人在对抗人类自身的弱点，不是所有的孩子都能无障碍地接受安排。

这位医生年纪已经很大了，两鬓斑白，面容慈祥。他说，他经常要接待像王嘉瑞这样正常的孩子，因为在学校表现不好被送来检查。现在人都太聪明了，智力正常的就被怀疑有病。

的确，有些人应对压力的能力强，有些人应对压力的能力弱；有些人适合当前的节奏，有些人就是跟不上。

老师可不这么善解人意。

起码做妈妈的要善解人意。他微笑着说。看来,这样的情况他不是第一次见了。

　　最后,医生叮嘱我说,强行让他跟着别人的节拍,只会扰乱孩子正常的心智,现在看不到后果,但总有一天,那些拔苗助长的后果会显露出来。

　　医生的话像拨开了一道迷雾。我冷静下来,好受了些。算是检讨自己带孩子看医生的疯狂念头,我又开始周末带他去公园,去乡下,去科技馆。王嘉瑞奔跑在草地上,聚精会神地看科幻片,脸上有一种迷人的专注。他的兴趣包括收集搭建城堡、卡通片和漫画书。他还对新款的汽车特别着迷,遇到球赛,也表现得兴致盎然。在雾气弥漫的早晨,我们骑电动车去上学。他坐在后座上,身上的热气通过我的外套传导到我背上。这是真实的生活。这个时刻我总会消除对他的怀疑,对人生的怀疑。但是,他的成绩仍旧不见提高,频繁犯一些低级的错误:上课有小动作,字不好看,在课堂上顶撞老师。有次测试,他一道题都没有做错,却因为字迹不工整而被扣了五分。奖状和赞美与他无缘,并且有迹象表明,他受到过体罚。有一天放学,我看到王嘉瑞的右腮明显肿起来,而且还有青紫色。我问他怎么搞的,他回答不知道。如果是他自己撞到什么地方,他不会不知道。我打电话给陈逸妈妈。她一诱导,陈逸就和盘托出:王嘉瑞亲口向他抱怨,因上课时插了一句嘴,他被老师拧住面颊拖到教室外面。他脸上的青紫是这样留下来的。

老公王辉冲动地说要去找老师理论，去找校长告状，甚至要到教育局投诉。我让他冷静一下，说我先去和老师谈一谈。

隔天我特意去王嘉瑞的教室接他，故意留到所有的学生都离开，抓住一个和老师单独交流的机会，试探着提到王嘉瑞挨打的事。我说话的时候看着老师的眼睛，她象征性地睨了我一眼，即使我暗示她，我已经知道关于孩子脸颊的青紫是怎么回事，她的眼睛仍然明明白白地释放出"哎呀，你找到解决你儿子麻烦的办法了吗"这种显而易见的责备之意。我心里顿时明白，指望她意识到对我儿子造成了伤害并且道歉，是万万不会发生的事。她的思想已经非常顽固，相比之下，我显得天真可笑和负有罪过。

我听到过许多关于老师报复家长的行为。她被训斥一顿，写检查，扣奖金，然后呢？她不会再打你的孩子，但她也不会再管他，何止如此，她还会暗示其他孩子来孤立他。你虽然出了一口气，但你的儿子会生活在孤岛上。王辉还在想着对策，我却已经做出把这口气吞回去的打算。得知我的阻拦，王辉露出匪夷所思的表情，他额头上的纹理写着无处发泄的愤怒。

就算我选择忍气吞声，老师们对待我儿子的方式仍然是他们那一套：批评、怒骂、罚站、抄作业。老师们把他们认为应该做的步骤完成之后，把我儿子扔在教室的最后一排，忽视他，羞辱他，直到放学铃响起。一开始，还有人同情他，后来大多数同学经过他身旁，也变得无动于衷，甚至幸灾乐祸。

这些事情，令我处于巨大的痛苦之中，王辉也变得很焦躁。他坐在沙发上看球赛，对电视机里所有人的表现都不满意，嘴里一直骂骂咧咧。我也是，蹲在厨房里择菜时，想到儿子的脸颊被人揪着往外拖，眼泪常常情不自禁地从眼眶里溢出来，很快，那滴泪珠遮住了眼前的一切。

有天我去接儿子放学。他说他们班上有个同学得了区里的奥数冠军。

你想当奥数冠军吗？

他毫不犹豫地回答，想。他的回答出其不意又干脆爽快，不仅把我，把旁边等红灯的骑车人都吓了一跳。

那你怎么不好好学习呢？

我想好好学习的呀！儿子瞪大眼睛，露出委屈的神情。或许他也像我一样，只是不知道怎么把"想"和"做"统一起来。

那时候我醒悟过来，就连我的儿子自己都已经被熏陶感染，做好进入角色的打算，我，还停留在原地。我下定决心要推他一把。

儿子四年级的时候，他的好伙伴陈逸转到了一所国际私立学校。他妈妈来告别时说，儿子的成绩很差，不太适应中国的教育。"别人家的孩子"让他们怀疑人生，他们不得不重新规划下一步的发展。他们让他念私立学校，然后送出国。陈逸的母亲表现得很振作，很有头脑，看上去也有这个经济实力。

半年过后，陈逸的妈妈打电话告诉我，陈逸适应环境的能力很强，学习成绩大幅提高。现在，她谈起儿子来不那么唉声叹气了，对自己走的这一步棋，她非常满意。甚至为了照顾我的情绪，她还微微压抑着自己的轻松和喜悦。

陈逸的转学，对我和儿子打击都很大。我很沮丧没有能力跟他们做一样的安排。我儿子再也不能经常和小伙伴坐在一起看漫画和骑脚踏车，很长一段时间，只要我们提到陈逸的名字，他就会变得暴躁和易怒。他似乎恨着陈逸，也似乎还不明白他的小伙伴并没法决定自己的命运。

有一天我突然有了新的念想：虽然我没有能力把儿子送到私立学校，因为伴随着高昂的学费还有要送儿子出国的实力，但也不能坐以待毙。既然在这个班级他坏学生的形象定型了，老师也基本放弃他了，不如让他换个学校，重新开始。我的心一动：如果我们去一个陌生的地方，以新的形象和状态示人，有机会见到更高素质的老师和同学，也许可以摆脱这老地方带来的颓丧之气。

想换到重点小学，得先换到重点小学所在的学区房。王辉竭力反对。他说，我们现在每个月还几千元的贷款已经很吃力了，再换贵的房子，压力会更大，再说眼下这个小区宽敞明亮，绿化很好，住在这里还是蛮舒服的，换房之后要换邻居还要重新装修，太折腾了。

但我被新生活的幻影迷住了，想象儿子能摆脱这窘迫的处境，消除过去的阴影，精神面貌焕然一新，像陈逸一样变成优秀生。我回想陈逸妈妈清脆的声音，羡慕不已。这些都让我变得顽固而亢奋，像被什么东西追赶一样，每天心无旁骛地盘算这个事。似乎只要我咬咬牙，冲过去，我们的生活就能重新开始。最终王辉拗不过我，默许了我的意愿，也陪我去看了房。看着一套又一套价格昂贵的房子，我体会到一种隐隐的下坠感，一种正在犯错的令人恐惧的直觉，但随着心意越来越坚定，我们已经很难后退。最终我如愿以偿地换了一套重点小学的学区房。我们换房差不多贴进去全部积蓄，房子少了一个房间不说，还多欠了银行二十多万元的贷款，一共多花了一百多万元。这一百多万元真实地体现了我对儿子的爱。

新房子到手后，我把朝南的最好的房间给了王嘉瑞，还给房间里配了书桌、书橱、席梦思和一台联想电脑。我当然知道，光换环境不管用，我必须从精神上、从习惯上、从思想上都紧张起来，带动王嘉瑞也紧张起来。

我每天晚上读故事书给他听，说一次我爱你，虽然说的时候我的心里充满了疲倦和困意。他拥有比我更好的生活，使我得到许多安慰。我希望他明白，现在的生活不是随便得来的，这是父母全部的能量。我向他形容我的童年：在微弱的灯光下写作业，蚊子整晚吸我的血，早上空着肚子去上课，中午回来的时候头晕眼花，就这样我仍然考上了大学,希望他能珍惜今天的条件。但我发现这些话都是对牛弹琴。他无法感同身受,也没有兴趣去体会。遇到他不感兴趣的话题,他放空自己,两眼发直,这是他的抵抗方式。他不太使用激烈的语言,大多数时候很温和,很唯命是从。但显然,他已经不止一次采取这样的方式来逃避他不能理解或不愿服从的说教。

奇迹没有发生。新的学校仍然有一帮格外优秀的孩子,他们品德端正,发挥稳定,礼貌待人。作为典范,他们的名字一直出现在荣誉榜上并挂在老师的嘴边。他们像一面面镜子,把王嘉瑞身上的毛病照得清清楚楚。王嘉瑞的新班主任第一时间猜到王嘉瑞转学的原因,好在他没有一棍子打死。这位老师算是位教育专家,他让我把"硬"和"软"的度掌握好。他说,每个孩子都是天使也都是恶魔,他们的身体里都住着"懒惰和自私的小人",在培养他优秀品质的时候,不能心软,因为你对付的不是儿子,而是他体内的小人。如果你们的心慈手软被他体内的小人觉察到,他就会利用这一点,放纵他自己。他教给我许多技巧,比如,想让孩子学什么,都不要直接提出来,而是要营造一种假象,要让他深信那都是他自己的选择,同时还要让他觉得荣誉感是个好东西,是可贵的东西,让这个东西激发他的积极性,这比成天盯着他要好许多。

比如我想让孩子去学钢琴——我深信钢琴对他手指和脑子都有帮助,但并不急于怂恿他,而是先煞有介事地"沉醉"在莫扎特和贝多芬的曲子中,还带他去听了一场刘诗昆的现场演奏会,让他领略万众站起来鼓掌五分钟的盛况。趁着那种氛围,我在他耳边说,瞧,多伟大、多了不起的音乐家,多少人喜欢他,羡慕他呀。他两眼发直,如坐针毡,一直吵着要去上厕所。演奏会一结束,他就蹿到马路边的小吃摊前等着吃烤鱿鱼。他喜欢蘸甜面酱,糊了一嘴,黑乎乎一片,回到家,往床上一扑就睡着了,拖他起来洗澡都是不可能的。

但是,要不露声色,不要抱怨。老师说了,这是一场气场和能量的较量,谁坚持下去,谁就占有主导权。你想要什么样的孩子,就得有多么大的智慧。

我假装不经意地买来画笔和画纸,没事的时候自己在那里画画写写,就盼着他一时兴起,也过来培养一下兴趣。我还找了一家很贵的英语培训机构,里面有一个金发碧眼的老外,幽默、风趣、亲切,又蹦又跳又唱。

但效果不是很好。

经过专家的技术手法诱导之后,王嘉瑞仍然当仁不让地处于市二小四年级二班的倒数三名之内的位置。

你这次考试考了77分啊! 放学的路上我问他。

是的。他说。

会不会觉得有点遗憾呢?

太难。他说。过了一会儿,怕我不信似的,他又补充了一句,陈泽宇也说难。陈泽宇是新学校的学霸,他也没考到满分。

　　同样出于技术原因，我没有责备他，甚至表现得更爱他。当然，我也担心考砸了表现出更爱他的做法会不会让他考砸更多次来获得我的特别关注。专家让我放心。他说，只要他能，他还是愿意考高分。就算考砸后妈妈更爱他，他一定更在乎同学和老师对他的评价。

　　事实确实如此。他用尽了全身的力气，还是只有考砸的结果交到我手上。

　　我的心里满是疲倦。因为一直以来对儿子的教育方式，既不是我一贯的做派，也不符合我的性格，都是专家传授给我的。我就像在操作一台精密仪器，而我对这台仪器又一无所知。所以我虽然机械地做着，却同样是麻木不堪的。

　　除了上班，我几乎把所有的精力都投到他的身上。每天早上起来变着花样做早餐，下午做好点心去学校门口接他，带他一起去辅导老师家补课，回到家做夜宵，陪着他做作业，直到他上床，我还会在门外侧耳听一听里面有什么动静，确定他睡着之后，我的一天才算正式结束。可是，剩下我一个人的时候，我的心情抑郁极了，觉得生活没有什么快乐可言，只剩下和这股劲拧着的力气。

　　王嘉瑞的长相也不像我的家人。我的家人都身材魁梧，王辉也是个高个子，可是我儿子的身体一直没有发育，背有点驼，手臂纤细，两颊瘦削。更突出的特点是，他不自信，他也不掩饰他的甘愿渺小和胆怯的神情。当我试图鼓励他的时候，他的眼睛里会流露出一种不可思议的古怪神情。可是，当我责备他的时候，他同样表现出一种不可思议的表情，好像在说，你不是我妈吗？怎么像个坏人？

怎么会是这样呢？要是生了一个智力超群的孩子多好，或者一点不在乎他的前途也好。可是，一想到如果我就此松手，他势必会失去种种进步的可能性，他将沦落到社会的最底层，想到他衣衫褴褛地搬砖扫街，我的心就被揪住了。可是一旦我准备更紧地催促他时，我面对的是一张无措和疲倦的脸，一阵深深的怜悯袭来，我的心柔软起来。

每天半夜，我会将身体放直，躺在无声的房间里，待阵阵睡意拂面，白天一切的难题，渐渐融化在夜里。

7

耀祖年近四十的时候才结了婚，对方是一个丧偶的寡妇，带着一个女儿，和耀祖结婚后又生了一个儿子。可是村子里的人提到他，还是会说"光棍儿耀祖"。其实早在三十出头时，村子里就有人背地里喊他光棍儿了，尤其在他父亲过世之后。听说娘家村子里有一两户身有残疾的儿子在遥远的四川"娶"回了儿媳，耀祖妈妈不知道私底下琢磨了多久，经过多少痛苦的挣扎之后，开始频繁地拜望山里的娘家。她到处打听谁家有待嫁的姑娘，太多的没有，但几千块、万把块她能拿得出来，她甚至可以凭她一贯的好名声去借一些。她频频对外宣称,不会放过任何一个有做媒天赋的人。她说了,我不买儿媳妇。她不买,她只是在找特别需要钱而草率嫁女儿的比她更穷的家庭。

也许陌生人看到的是苦难,或是令人感到不安的忧虑,但熟悉的人看到的是另外一种东西:那种经过一日又一日的忍耐和劳累积攒起来的苦相和倔强。她从来没有停止过劳作。她的庄稼从不缺水,从不长杂草。总之,她就是一个循规蹈矩的农村妇女,天晴戴草帽,下雨撑雨伞,春播秋收,一直跟随季节和别人的步伐。她还有小林这样的侄子,也有友林那样的外甥,这些多多少少有点血缘关系的亲戚替她加分,成了她的资本。她的行为越来越疯狂,确定地说,都不像她了。有一天,她突然兴冲冲地从远方走回来。一路上,她都在散播一个好消息:

有个姑娘看中了我家耀祖。

多大?

三十二。

年纪增加了事情的可信度。人们立刻想到那样的形象:古板的、木讷的、说话不利索的,甚至长相有点瑕疵的大龄姑娘。

那赶紧呀! 邻居们异口同声地催促她。

可是多少还是需要点彩礼的, 不能让人家穿旧衣裳进门呀。

说的是啊。大伙儿都赞同她的看法,也希望耀祖不要错过这次结婚的机会。

她开始借钱。一开始，她去了娘家，去了耀祖的叔叔家，她带回来一半好消息一半坏消息：借到了一半的钱，还缺一半。

我爸爸慷慨解囊，还有四五户邻居也破天荒大方相助。等到耀祖妈妈再次离家去接儿媳妇，邻居们端着饭碗在门口闲聊时发现了一个不对劲的地方：

这个婚礼一直都是耀祖妈妈在唱独角戏。耀祖还没有露面和点头呢。

耀祖反对什么呢?有人这样反驳了一句，紧接着发现这样有点太看不起人了，所以讪讪地笑了一声。

事情果然不只这么简单。第三天，耀祖妈妈回来了。

远远出现在视野里的她面色苍白，额头上全是汗，头发也水淋淋的，迈步的样子显示已经用尽了所有的力气，每一步都像是最后一步。她谁也没有看，直接进门倒在床上。

真相很快被猜测出来。她遇到的是一对骗子。做丈夫的把老婆说成是自己的女儿，四处找待娶的光棍儿。在耀祖妈妈交出了八千块之后，那个女人跟着她走了十几里路，在一个叫"十里"的街上把耀祖妈妈甩掉了。

一开始，她以为人家脑子不好迷了路。她等在那姑娘上厕所的街口，等了很长一段时间，最后把厕所里里外外找了个遍，六神无主地哭了起来。等她哭着把来龙去脉告诉看热闹的人时，立刻有人指出她是遇到骗婚的了。

跑远了,追不上了,你这么大年龄。

她仍然不死心地追到了县城的汽车站,来来回回兜了几十个圈。等她找到派出所门口的时候,好心的路人劝她算了,她花钱买儿媳本身也是违法的,可能因为被当成人贩子关起来。

那是个夏天,岛上的风景还说得过去。虽然杂树枝无人打理,垃圾袋散落在路边无人清理,护堤被江水冲垮,堤下的江面上漂浮着从千里之外漂来的塑料瓶。那时候,我们村子里至少还有五分之一的人留在那里,可是完全离开的迹象已经显现了。

那次,她病了很长时间,因为羞愧,她拒绝把自己生病的消息告诉儿子。时值中秋,我回老家时看过她一次。她穿着旧花布衫,躺在床上,空气里弥漫着一股酸楚和陈旧的气味。老年人的家里样样东西都是冷色的,就连堂屋中间的一块匾都发出冷飕飕的寒光。我看看她,又看看自己的脚,屋外的泥从我的脚尖上滑落,沾到她家的地面上,显得很扎眼。我说了几句空洞的安慰话。她脸上松弛的肌肉抖动着——她难堪,她自责,她不是欠债不还的人,没人逼她,但她仍然羞愧地重复地诅咒自己。我告别的时候,她说,耀祖要有你这样,我就死都瞑目了。

我那时才生了王嘉瑞不久,还很穷,过着朝九晚五的上班族生活,毫无优越感可言,可是,在这里,我陡然间又成了他人羡慕的对象,一时无所适从,只好又客气了几句,离开了。

8

王嘉瑞小学毕业的时候，我和他爸爸分居了。他与单位一个年轻的文员有染，被发现后，我一直在扮演受害者的角色。这当然是实情，但等我冷静下来，却能看到不一样的东西。这些东西当时是绝对看不到的，就是他对我以及对我们一起的生活感到彻底失望了。我和王辉都来自同一个小镇，好不容易读了大学，各自找到一份待遇不错的工作，买了一套房。在别人看来，这些平平常常的生活，其实已经透支了我们前半生太多的体力和激情。结婚后，我们胸无大志，愿意过平淡无奇的生活，况且婚后头几年也的确能从朴素的生活中找到乐趣。直到孩子的问题出现，我做出换学区房这样超承受力的举措，以及平常把过多的精力和情绪都放在了孩子身上，属于"我俩"的生活才慢慢消失。但感情破裂的真正导火索并不是王嘉瑞的成绩。孩子是我们共同的，好也罢，坏也罢，他身上有我俩的基因，都得认。问题还是出在那套房上。买房不久，他在单位得罪了一位领导，失去了升迁的可能性，他守着无望的工作坚持了很久。因为有高额的贷款要还，他不敢轻易辞职；可能为了保全自尊，他也不太愿意把受的委屈全部倾诉出来……这个家事实上早已失去了欢乐，被一股淡淡的看不见的忧愁笼罩。事情到这样微妙的地步,我想王辉的心里仍然清楚:这不是我一个人的错。有次邻居送来两张演奏会的门票——他的孩子有一个独奏节目在省大剧院表演,王辉接过票,连连感谢,连连赞叹,可是人家一走,他的脸色立刻变得很难看。他看上去严肃而阴郁,就是那种突然被什么东西撞了一下,疼痛又猛又烈的表情。他大口喘着气,喘了好一会儿,才开始说话。

不知道人家的神童是怎么培养出来的。

我明白他也倒戈了。当初他也主张不剥夺孩子的童年快乐,不把孩子送到各种智力开发培训班,声称小孩长成一个健康平凡的人就可以,可现在,他看上去比我更脆弱、更失落。他说,王嘉瑞,你在班里进不了前十名,就肯定考不上好的中学,考不上好的中学就进不了 985 和 211 大学。你从小学起就是差生,就只能交到更差的朋友,将来你的朋友都是维修工、清洁工和扛沙包的,我辛苦几十年改变家族地位,到你这里付诸东流,前功尽弃。

他捶胸顿足,焦虑万分。

王嘉瑞能否承受,他管不了了,因为他急需一个管道来消化自己消极和沮丧的情绪。过去扮演两面三刀的角色,软硬兼施,说大话狠话的都是我,王辉一直在说什么做一个淡泊名利的人。他出尔反尔的表现着实把王嘉瑞吓着了。孩子在父亲的训斥下连连后退。那是一个冬天,气温大约在零度左右。南方的冬天屋里屋外一样冷,在家里我们也穿着厚厚的棉袄。王嘉瑞的牙齿开始打战。我发现他不对头,赶紧打开空调。通常来讲,下雪的时候才会开空调。

开着空调的房间已经热乎起来,可是王嘉瑞还在像打摆子一样抖动不已,王辉这才偃旗息鼓。那天晚上,王嘉瑞躺在床上到凌晨三四点才睡着,睡着时蜷缩着身体,保持着防御戒备的姿势。自那之后,家里弥漫着紧张的气氛,我们都被搞得昏头昏脑。我们对待王嘉瑞,或暴怒,或劝导,软硬兼施,可是一等孩子疲劳过度生病的时候,我们又会开始深深地忏悔。那时真想放弃得了,随他去吧,自然生长,长成什么样就是什么样。可是,他到底不是一块木头,偶尔又像金子一样放射出些许光芒,唤醒我们沉下去的希望。只要他表现好一点点,我们就大肆宣扬,大加褒扬,夸大其词,希望他吃这一套。

到后来,我觉得我们全家都像小丑一样,我们母子都是一根无形的线上的木偶。怎么样动,往哪里动,其实不是由我们自己说了算,而是有更大的手在操纵我们,我们自己的意愿算不了什么。

那次发作之后,王辉开始频频晚归,一开始跟朋友喝酒唱歌,最后发展到移情别恋。直至他的小情人把电话打到我手机上跟我叫板,他才不得不跟我摊牌。与其说他变心,不如说他在自我防卫,防止自己一日又一日被儿子拖到一个深不见底的坏情绪的大坑里爬不出来。他把因儿子而生出的沮丧和失落统统甩给我,好像这样一来,他就能得到另外的人生。没办法，我只能尽力扮演好受害者的角色才能争取到更多的优势。后来我也想，是不是我的决策失误才毁了这个家？不过我很快自我安慰，换房上重点小学看上去是偶然，其实也是必然，更是环境使然。到处都是无形的看不见的影响力在起作用。在别人都把学区房、汽车品牌和孩子的教育理所当然地当成头等大事严肃对待的时候，我们这些意志不坚定的人，很容易摇摇摆摆，直到自我否定，去盲从别人的标准。同事的孩子多么优秀，亲戚的孩子多么优秀，这些优秀的别人家的孩子把我们的孩子比下去，这刺激着我们的神经，像四处发射过来的无声嘲讽，以致我们变得疑虑重重。王辉内心早就认同了老师和同事的那一套：学习成绩无比重要，有特长对升学有好处，考不上好学校，整个人生就输掉了一大半。

我们名存实亡的婚姻持续了两年，之所以一直拖着没有离婚，是怕对王嘉瑞造成伤害。王辉早就有离婚的意愿，但在儿子跟前还要拼命演戏，时不时出现在晚上的饭桌旁，习惯性地教育儿子要做一个勇敢、正直、诚实的人。这些话不走心，张口就来，是本能告诉他要这样教育下一代，但这些话却和他本人的行为背道而驰。

双方的老人都已经知道我们的事，却还抱着幻想，做着各种无望的努力，试图帮我们挽回婚姻。在我父母从乡下来我家的那几天，他借口出差，跑出去住进了他小情人的家。有一就有二，那之后，他有时是出差，有时是陪领导，有时是在打牌,各种各样的理由使他消失不见。

有一天晚上,我带着儿子外出吃饭。经过夫子庙的时候,孩子看到了惊人的一幕:他的父亲,那个满口仁义道德的男人正搂着他的小情人在牌楼下面玩自拍呢。

我儿子傻呵呵地盯着那个早上收拾行李说要出差,叮嘱他要听妈妈话的男人举着手机摆出各种姿态。王嘉瑞眨巴眨巴眼睛,像是等着自己从梦里醒来,直到他父亲的笑声真切地传来,他仍然怔怔地看着那个愉快的场景,完全没有一丝的惊讶和愤怒。我赶紧拉起儿子的手,把他拽离现场。王嘉瑞顺从地跟随着我的脚步,可是他的脸上保持着那种狐疑的表情,就像出现在他眼前的是海市蜃楼,是魔术,是电影镜头。可是我相信,那个在家已经难得一见的欢快的父亲的笑脸,已经深深地刻在了王嘉瑞的脑子里。

协议离婚的过程中,我父母和王辉的父母数次恶语相向,纠缠了许久。双方一开始为了划分责任和罪过,后来是为了房子的归属权。

拉锯战开始时,为了鼓舞士气,我爸妈来陪了我们一阵子。我听到我爸悄声对我儿子说,好好读书,长大了赚大钱孝敬你妈。你妈才三十多岁就为你愁白了头,你外婆的头发都还没有白。

我赶紧上前阻止他。我说,怎么能这么讲呢,好好读书不是为了挣大钱,好好读书是为了有能力选择生活。钱不是最重要的东西,不要为了钱而丧失了生活的乐趣。

我们争执的时候,王嘉瑞就静静地站在一旁,视线在我和我爸之间扫来扫去,好像我们说的跟他完全不相干,他只是个看热闹的路人。

　　王嘉瑞的爷爷奶奶也时不时来看孩子,我每次都会借故回避,不跟他们正面相处。凭良心说,爷爷奶奶对王嘉瑞很好,嘘寒问暖,疼爱有加。他们自己的经济条件并不宽裕,却给王嘉瑞买了一部智能手机。王嘉瑞懵懵懂懂地享受着他们的疼爱,甚至是溺爱,没有负担,没有索求,也没有说教。可是只要他在外公外婆面前提到爷爷奶奶,外公外婆就会一脸嫌恶地转过脸去,眼皮耷拉下来,仿佛因为王辉的背叛,女儿变得十分不幸,世上的一切都是不对的。手机不对,爱的表达不对,孙子的高兴也不对。离婚家庭的孩子之所以更脆弱,就是因为这样的斗争和敌意。王嘉瑞被亲人的爱和恨拉扯着,父亲那头的爱越拉越纤细,脆弱得随时要断的样子,可是母亲的爱越来越沉重,像麻绳一样捆住了他的时时刻刻。久而久之,王嘉瑞的脸上好像贴着一张招牌,招牌上标明他父母所犯下的过错。他背负着父母的错误走来走去,变得更加内向,更加沉默,更加慵懒。生活已然失去了平衡。

9

　　我们的村子就是这么神奇的地方,许多地方都面目全非了,可它没有变。最新的房子也是三十年前造的。人们不回来造新的房子,而没有人住的旧房子一直保留在那里,没人去拆它,也没有人去修缮,因为修缮了也没有人住。零零碎碎的垃圾堆在堤坡下,平常掩映在灌木丛中,到了冬天,全部裸露出来,显得更冷、更丑、更旧。

耀祖三十二岁的时候经历过一次剧烈的人生动荡。那时候,是小林向他伸出了手。小林在省城搞海鲜批发,请耀祖过去帮他。耀祖在小林那里工作了一年又离开了。

离开小林的鱼铺子时,耀祖来南京停留了一个晚上。他从我家打了个弯,也许是想求王辉找一份工作的。王辉跟我回娘家过年时他们见过面,聊过天。王辉聊天时喜欢吹牛,经常会把道听途说的大事件描述得如临其境,让人觉得他很有来头。耀祖坐在我家的沙发上,那是我见过他最瘦的一次。他的腿很长,穿一条薄裤子,裤腿儿拉到膝盖头以上,脚踝也裸露在外。他有点紧张,生怕弄脏我的沙发。我叫他不要见外。我们自少年时代分别后又各自经历了十几年风雨。不管多少年没有见面,见了面我还是像能够一眼看穿他。手还是那双手,脚也还是那双脚,可是蜕了无数层皮。他坐着,显现出他生活的所有信息。王嘉瑞被他奶奶接走了,王辉又冠冕堂皇地住在他的小情人家里,我的婚姻虽然快完蛋了,但名义上还有个丈夫。我不停地跟耀祖道歉,因为家里没人能陪他喝两杯。我做了鱼、虾和几个素菜,两个人坐在客厅的沙发上吃饭。耀祖的筷子绕过放在他跟前的鱼,夹我这边的素菜。我客气地让他吃鱼,他说他一年里把一辈子的鱼都吃完了。我这才后悔没买肉。吃过饭,我给他泡了一杯茶。我问他为什么在小林那里做了一年就不做了。

他没有正面回答,只说想换个工作。后来我回老家的时候才听说小林把赚来的钱拿去炒房,耀祖给他帮忙的那一年,小林买了五处门面房。他为了买房,工人的工资也不发。他做这些事不避讳耀祖,觉得耀祖是他表哥的缘故。其余两个工人拿着杀鱼刀大吵大闹,小林怕他们有什么出格的举动,借钱给他们发了工资。耀祖因为是亲戚,与小林一起长大,反而空着手离开。

耀祖并不想让太多人知道他帮小林打工的事。他们是表兄弟,生活境况差别太大,对耀祖是很大的压力。要是远处的人发了财,那只是一个传奇;要是身边的人发了财,会显得自己格外差劲。我理解这种感受,我尤其明白,一开始,耀祖不想离小林太近,尤其不想杀鱼。但是小林打电话催他过去,很亲近、很理所当然的口气,谁听了都有一种幻想:一个有能力关照自己的人的亲切是能给人希望和期待的。耀祖以为到小林那边能担当重任,就像电影里的江湖弟兄一样,但小林只让他早上去鱼市把鱼拉回来,再从车上卸下来。后来耀祖知道小林是受妈妈所托,妈妈拜托小林帮帮耀祖别让他颓废下去,因此小林完全忽视了耀祖的期望,随随便便地使唤他。一开始耀祖只负责搬鱼,后来杀鱼的那个伙计辞职不干了,小林就让耀祖杀鱼。耀祖以超常的忍耐力应承下来,结果一杀就是整整一年。后来小林发现耀祖晚上也没什么重要安排,反正闲着也是闲着,就让他帮着喂养自己的几条大狗。小林怎么想的我不知道,但耀祖在小林那里一年瘦了十几斤,我见到他的时候一开始都没敢直接喊出来,要不是他直直的眼神和粗粗的嗓音,我还真不敢确定眼前的人是他。

他只是抱怨了一下觉不够睡,早上四点多起来,一直要忙到晚上八九点,一点空闲时间都没有。

我们一直话不多。我有心事藏着掖着,所以有点紧张,后来想想,他显然比我更紧张。他的乡音很重,虽然也用了别扭的普通话。他的话和我的话一直不太对得上。在老家的时候,我们像在同一个世界,可是在这里,电视机开着,里面随便放着一个娱乐节目,耀祖的眼神告诉我他不熟悉里面的导师,不熟悉嘉宾,也不熟悉里面的歌,那是他不熟悉的世界。我们的世界都只有花生粒那么大,一旦超过,就感觉一片茫然。他的这种茫然就像我在科技馆看遥感技术连连惊叹是一样的。只有播放奥运广告的时候,他显得有点激动,画外音是"更快、更高、更强",画面中是着红色运动服的中国短跑运动员举着国旗在高声呐喊。耀祖朝我会心地笑了一下,搓了搓手心说,不得了。我的记忆立刻回到我们童年的夏天:我们赛跑,最先越过栅栏的会站上当作领奖台的土墩,以一捧狗尾巴草作为奖品,但那让我们对外部的生活产生无限憧憬。他亦和我一样对遥远的画面有强烈的印象。他的茶杯空了，我帮他去添水，他站起来，一定要自己动手。可是他站在饮水机面前，不知道按哪个按钮，又变回了拘谨的客人。

吃完饭，他略略放开了一些。

小林又买了一辆雷克萨斯，不得了。他说，他喜欢用"不得了"这句口头禅。我说到我们共同认识的其他人时，他插话说，听说你哥哥有好几艘大船，不得了。

并没有好几艘。我纠正他，造了一艘大的，先抵押了小的，然后又卖掉小的，现在还欠了一大笔贷款。

还是不得了。他的鼻音很重，脸上那种憨憨的，一看就是欠缺思考的神气从小到大都没有消散过。小林变得大腹便便，整个人从上到下无一处同小时候相似，可是耀祖，除了更长更干巴一点之外，无处不是小时候的样子。他把"羡慕别人"几个字写在脸上，好像这几个字天生就跟着他一样。自打我认识他，就觉得他是一个安全的、没有攻击性的人。现在，他还是拘谨的，他那么高，膝盖并在一起，手脚不知道放到何处，脸上带着惊扰了他人的歉意。他的手关节都是肿的，那是因为长年在水里泡着，从早到晚手都是湿的，就算现在脱离了水，皮肉还是红肿，关节也红肿。

我从来没有见过耀祖杀鱼，但那天晚上，我想象耀祖弯着腰，在臭烘烘的鱼摊前，一条鱼一条鱼地宰杀，这使我对小林产生了一种莫名其妙的憎恶——不公的感觉如此实实在在,甚至,从某种意义上说,这种不公非常有重量,有质地,有味道,就像各种活鱼死鱼摆在一起散发出来的腥臭味。

我仍然没有把我快要离婚的事告诉他。我们小时候无话不谈,但今天的局面显然与从前大不同。因为即使我离婚了,至少还有个儿子,可是耀祖是一个一无所有的光棍儿,他的处境使我不忍心抱怨。

大概晚上八点多钟的时候,他突然站起身来说,我要走了。

这么晚了,没有车了呢。

那时不像现在这么方便,我再三挽留他,让他明天一大早再走。王辉和王嘉瑞都不在家,有空房间。

不了,他说,不了。

后来我才明白,恰恰是王辉和王嘉瑞都不在家,他觉得住在我家不合适。至于他那天晚上究竟在哪里过夜的,我到现在也不知道。经过火车站和汽车站的时候,我经常遇见睡在长廊和花坛边上的人,他们的旁边放着邋遢的行李。我想,他如果挤在那样的地方也不奇怪,只是我当时没有意识到这一点。

不了不了。这是他边走边重复着的话。

耀祖的背影消失在楼下。他急匆匆的,到最后,甚至开始小跑起来。记忆里,小时候的耀祖一直都是慢吞吞的。有一次,有一个疯子在打人,跑得快的躲开了,跑得慢的耀祖被揪住好一顿揍。

你为什么不跑呢?

看着耀祖身上青一块紫一块的,耀祖妈妈斥责过儿子后,还是牵着他的手去疯子的家讨一个说法。她把耀祖的衣服掀开,让疯子的妈妈和亲戚看他的伤痕。

你为什么不跑呢?疯子的妈妈责备耀祖说,别人都跑了,就你一个人不跑,怪谁呢?

吵闹声把邻居们都惊动了。大家捧着饭碗,拿着扫帚,或是抱着娃娃来看热闹。听到前因后果之后,大家也都异口同声地责问耀祖:

看到疯子为什么不跑?

这样一来,他妈妈的声音被杂七杂八的声音全部覆盖了,实在难以抵挡。末了,耀祖一瘸一拐地跟在边走边抹眼泪的妈妈后面回来,连一个鸡蛋都没有要回来。他脸上的伤半个月后才恢复,而他的腿瘸了更长时间。

他这么匆匆地往前冲,比他小时候灵活多了。他生怕我喊住他,他是多么怕麻烦到我啊。我转过脸,忍住瞬间的心酸。

10

可是,我记得,彼时的耀祖仍然是我教育王嘉瑞的反面教材。

你的耀祖舅舅,他在卖鱼。

嗯?

卖鱼,天天弯腰驼背,身上全是鱼腥味,还拿不到钱。

嗯?

所以要好好读书……

令人感到不可思议的是,我和王辉正式离婚后王嘉瑞的第一次期中考试,他拿回来一张 93 分的数学测试卷。他假装随随便便把书包摊在饭桌上。之前的每一次需要签字,他都会指着签字的空白处说,这里。我也假装看不到大红的×。这次,他把整张卷面摊开,扔过来一支笔,假装漫不经心地说:妈,签个字。

我签上"已阅"之后,好奇地扫了一眼清爽的卷面,以及上面不容忽视的分数。

怎么考得这么好啊?

以后都会考得这么好!

嗯?

我听到他粗重的喘息声,诧异地一回头,他咬住下唇,眼睛里已经浸满了泪水。

外婆说你是为了我才被爸爸抛弃的,因为我太不争气,爸爸怪你。

我一惊,抬起眼睛,刚想说责备外婆的话,结果一下子看到了自己在窗玻璃上的形象:头发凌乱,面色憔悴。明知这就是自己,还是被吓了一跳。

都是我的错,以后我会给你争气,为你报仇。王嘉瑞说着说着,哽咽起来,眼泪收不住似的流淌出来。我走过去帮他擦拭,擦掉一颗又出来一颗,眼泪像断了线的珍珠似的,晶莹发亮。

初二下学期和初三上学期,王嘉瑞的成绩直线上升,让我惊喜连连。

本来我只想着他能做一个普通的小孩,不让我难堪就行了。但是,他不仅不让我难堪,还让我感受到了风光。他的名字开始出现在教室黑板的光荣榜上了。

妈妈太高兴了。你的现状说明妈妈对你的安排没有错,说明妈妈买学区房把你的潜能都激发出来了。每次我夸他的时候,也忍不住夸一夸自己的英明决定,仿佛这样一来,受过的苦都得到了补偿。

是不是我成绩好了爸爸就回来?王嘉瑞看着我,认真地问。原来这孩子还在做着我和他爸破镜重圆的梦。

我再傻也知道这个时候不能让他泄气。我半推半就地说,你再努力一下,他不是说过吗?如果你能拼到年级前三,你可以提一切要求。

但是,王嘉瑞的成绩始终没有冲到年级前三,甚至班级前三都没有达到过。初三的下学期,他几乎没有一个晚上睡觉超过六个小时。他的黑眼圈重重的,因为疲于打理,头发乱糟糟地支在头上。他做题也很认真,有时跟他讲话,他好半天都反应不过来。他让我一再想起耀祖,但是耀祖在这里只能成为一个反面的榜样。

你的耀祖舅舅,因为不努力读书,没有文化,一米八的大高个子,一天到晚蹲在地上杀鱼,忙了一年,黑心老板都没有给他工钱,让他空着手回老家过年。

每次说到这里,我的声音都会哽咽,心里升起隐隐的疼痛,和耀祖见面的时候被忽视的细节和情节一再地涌现出来,每一次又都有新的内容填充进来。我终于明白,他是真的过得不好,很窘迫、很累、很无助,才到南京来走了这么一趟。

知道了,知道了。不好好学习,就会像他一样给人家卖鱼。儿子不耐烦地快速报出了标准答案。

11

耀祖在投靠小林之前,有过一阵子好的生活,我的意思是正常的生活。他在南京郊区六合打工,还交到了一个从云南来的在理发店工作的女朋友。这么一个内向的人,竟然跟人家女孩子吹牛皮说,他的家乡是个像桃花岛一样的地方。

像黄药师住的岛?

一样。

真的一样?

真的。

过年的时候耀祖带她一起回来。甜甜二十出头,瘦瘦的,皮肤惊人的白,特别挑食,不喜欢吃饭,喜欢听人家说她瘦。

我喜欢瘦成一道闪电。耀祖妈妈每次都爱怜地端汤给她喝。她喝着耀祖妈妈的汤,嘴里说着瘦成闪电的愿望。

她还是个小话痨。

你们这个岛上真穷,可是我为什么不跟他分手呢?因为我喜欢比我大十来岁的大叔啊,而且大叔的妈妈对我太好了。她说这话的时候拿腔拿调,一听就知道韩剧没少看。她虽然不算漂亮,但眼睛亮晶晶的。

耀祖妈妈捏着围裙一角不好意思地笑。她因为儿子找到了女朋友而扬眉吐气,也丝毫不掩饰自己的扬眉吐气。我们那个年过得真是欢乐,那时候儿子还没上小学,并没有任何迹象表明我们会因此而饱受困苦。我把他丢给我妈,自己和耀祖他们一起打扑克,到沙滩上追浪,各自讲过去偷黄瓜的黑历史。虽然几天假期一结束,我们都得被塞回笼子里继续当困兽,但那快乐的姑娘让我印象深刻。她无拘无束,喜气洋洋,就是她把云南的段子带到了小岛上。她说,她家的亲戚就住在靠缅甸的边境,晚上在树林的吊床上睡觉,翻个身就到了别的国家。那时候我们虽然去了城市,见过一些世面,听到这个离奇的事还是乐不可支,哈哈大笑。

云南对我们来说太远了,但甜甜的形象是那样生动,那样美丽,我敢说她的出现,让我们整个村里的人对云南都充满了向往。

那是耀祖一生中笑得最多的时候。他毫不避讳地带着女朋友在江滩上玩沙子，堆房子，拔芦笋。每当甜甜挖到一根又长又肥的芦笋，耀祖的赞叹声就会响起，不得了，不得了！

他的衣着也发生了变化。他穿着鹅黄色的直筒裤，雪白的衬衫外穿一件白色双层夹克。人人心里有数，这行头不值多少钱，但一点也不土气。他的举止变得轻松，好像身上有一种东西被卸掉了似的，让人生出一些好感来。我们惊异地发现，耀祖可以是跟他过去完全相反的样子：活泼的、爱笑的、奔跑的，一张自信的脸膛，眼睛亮得像星星……大家知道这是甜甜的杰作，她让耀祖不像昨天的耀祖，不像童年的耀祖，而像一个新人。

但是，过完年，噩耗传来。甜甜从四楼跳下去，死了。

她死得毫无征兆。正月里，她爸爸从云南给她的理发店打电话，让她和耀祖分手。她爸爸的态度非常坚决，因为他摸到了耀祖的底牌：耀祖根本拿不出一分钱彩礼。甜甜的爸爸耍了一个小把戏，说他自己病危，想见女儿最后一面。甜甜根本没有怀疑这是一场处心积虑的诡计。也许她被教育要防备外人，但她没有做好防备父亲的准备。回到云南当天她就被软禁了。耀祖赶过去，守了好几天都没获准进屋。无奈之下，耀祖回到六合上班，但是，等待他的却是女朋友跳窗逃跑，头部着地身亡的消息。

耀祖在收发室接到电话通知,放下电话往车间走。收发室到车间有五十米,似乎走完这五十米耀祖才意识到发生了什么,他一头栽倒在车间的卷闸门旁。卷闸门发出尖锐的颤抖的响声,随后,人们把耀祖扒拉过来,让他的脸朝上。他的脸完全扭曲了,像有钉子正缓缓扎进头颅。

伤心的耀祖无法在车间工作,因为难过的情绪会让他分神,机器会切掉他的手。他被好心的工友送回了小岛。耀祖在床上躺了好几个月,不怎么出声,也不抱怨,就那么整天昏睡着。

有一天,我回娘家给妈妈送几件衣服。刚刚下过雨,雨后的太阳光洒在草叶和树尖上,堤坝上湿漉漉的,到处是人们经过时留下的泥泞。老远我看到耀祖摇摇晃晃从门外往屋里走,他步履蹒跚,可能有点虚弱,他的胳膊肘撞到了门环上。我吃惊于他这个季节也在老家,大声喊了他一声,他没有应答。

进了家门,妈妈才偷偷告诉我甜甜的事。我被惊呆了,但是妈妈阻止我去看他,因为耀祖谁也不想见,什么话也不想说。

他也不帮他妈妈下地干活儿。三亩地的麦子都是他妈妈一个人收割的。

他似乎什么都不在乎,他的筋被抽掉了似的,什么事也做不了,但半夜里经常能听到他的哭吼声。

耀祖妈妈经过我家的门口, 我妈妈絮絮叨叨地说耀祖没搭理我的事。耀祖妈妈一个劲给我道歉,她说耀祖是没脸见人,混得太差了,样样都不如人,连个老婆都没守住。

别这么说,只是运气不好。

就是那次,她说到了小林,说到了她娘家一个岛上的能人,造了一个千人大厂。而这些能人,都是她看着出生长大的。

耀祖太没用了。也是我命不好,怪不得别人。她说着,眼泪淌了下来。

她走之后,我问我妈,耀祖不肯干活儿,怎么有钱花呢?

手头紧得很,吃得不怎么样啊。我妈妈皱着眉头,耀祖妈妈偶尔会买半斤肉,用咸菜混在一起烧好给儿子吃,再就是地里的茄子扁豆,偶尔能煮个鸡蛋,能怎么样呢? 麦子能卖几个钱?

第二天我再一次看到了耀祖的背影。他的身上散发出浓烈的悲伤的味道,那种无所顾忌的、无视前后的悲伤。换句话说,如果有人举着刀向他冲来,他也懒得躲闪,一副万念俱灰的模样。

那时候我还没有遇到婚姻问题,生活还算安稳,对耀祖的遭遇感到震惊,觉得他的痛苦真实却又遥远。有几次我想强冲进去,说一些诸如"为了母亲,振作起来"的话,可是站在他家的门前,门里一点动静都没有,门上对联的红纸被雨打褪了色,惨白惨白,一戳就破的样子,我退缩了。

我走后他又睡了很长时间,他用昏睡来抵挡自己想死的欲望。一直到冬天，积雪开始融化，枯草在行人践踏之后又长出新芽。邻居们议论纷纷，最初同情他的人也都开始责备他，甚至有人在窗口向他发出劝告。只有耀祖妈妈坚决支持儿子睡觉，宁愿他睡，也不希望他想不开。儿子睡觉的时候，她就坐在旁边祷告。从那年起，她由信菩萨改信上帝。

12

王嘉瑞的成绩有了意外的提升，这是离婚带来的唯一好处。

这个事固然令我异常兴奋，同时也让我无比困惑。我们绞尽脑汁、耗尽心力地诱导他，玩心眼，耍花腔，希望把他培养成一个优秀的人，可现在，在我萎靡不振、几近放弃的时候，他悄悄地把自己变成了我们一直以来期望的样子。此后我经常接到莫名其妙的电话，都是来自一些留学中介机构。一开始，我不胜其烦，一听到来意就粗暴地挂掉电话。直到有一天，我在家长群里看到一个家长气愤地指责学校也堕落了，竟然把优秀学生的信息都卖给中介了，让她不断接到骚扰电话，一种自豪感油然而生：原来我接到电话是因为我的孩子成了优秀生。

我还被王嘉瑞的班主任请到学校，在家长会上做了一次半小时的讲座，题目已经拟定：如何快速提高孩子的成绩。我本来想拒绝,但是听说去谈成功经验的向来只是那些优秀学生的父母,一时虚荣心作祟,我便应承下来。我第一次坐在讲台上,看到学生的位置上坐着的家长们,看到他们眼巴巴期待的眼神,我内心充满着滑稽和荒唐的感觉,因为虽然我分享的经验是真实的,但效果是虚构的。王嘉瑞成绩提高的原因对我其实也是一个谜。

当初离婚时说好房子给我和儿子,所幸贷款还得差不多了。另外,协议还写明王辉每个月给儿子五千块生活费,直到他大学毕业。但是离婚之后,王辉每次来看儿子,都流露出眷恋和愧疚的心理,我们之间因而变得客客气气,我也就没有催促过生活费的事。

直到有一天,王嘉瑞需要交数学补习费,我手头有点紧,才想起来问王辉讨儿子的生活费。

还有什么生活费?他表现得一脸茫然。

就是咱们合同上约定的每月五千块的生活费。

什么合同约定,房子给了你!

我一时有点发蒙,赶紧跑到卧室去翻看合同,没想到,原来第二页最后一行的那句关于生活费的话竟然不翼而飞。过了半天我才意识到,他在签字的时候把协议调包了。

你竟然这么无耻失德,太卑鄙了!我气得浑身发抖,直接把合同摔到他脸上。使我愤怒的不仅是生活费凭空消失,生活了这么多年的人竟然如此做派,实在令人作呕。

他装着无辜的样子矢口否认,还连连诅咒发誓。他越说我越觉得荒唐透顶,忍不住向他扔了一只杯子,他躲了过去,但扬言再这样就不客气。直到王嘉瑞哭了起来,我们才作罢。吵闹声把邻居都惊动了,清洁工也蹲在门外偷听。可以说,整个小区都知道了。

之后,我不断地给朋友打电话,把我认为奇葩的事散播出去,以泄怒火。

这件事也引发了双方家庭更激烈的争斗。我父母每次在镇上遇到王辉的父母,必是把这件事拿出来控诉一番。我爸爸和王嘉瑞的爷爷甚至还动过一次手,他把人家买菜的篮子掼到地上,踩了几脚。王辉的父亲也向我爸爸吐口水。本来藏着掖着的事就这么不顾体面地张扬出去了。我每天下班回来打电话接电话就是谈这件事,甚至把之前的一些不堪的事也拿出来反复说,控诉王辉以及他全家的人品,甚至跟王嘉瑞的小姑也撕破了脸。王嘉瑞的小姑是王家我唯一愿意离婚后继续来往沟通的人,我俩有亲戚关系之外的同性友谊,但是在王辉的父亲朝我爸爸吐口水之后,她也成了我怨恨的对象。王嘉瑞过生日的时候,出于报复,我没有接受她送来的蛋糕,此后一年时间都没有让王嘉瑞的爷爷奶奶看过孩子。

一切真面目在王嘉瑞面前暴露出来:父亲找了别的女人,可能生了别的小孩,调包离婚协议;爷爷朝外公吐口水,现在连小姑也断绝来往;做妈妈的经常半夜在睡梦中哭醒,根本无心管他的生活和成绩。所有这些对王嘉瑞而言都是难以承受的打击。几天后一场重要的摸底考试，王嘉瑞结结实实地考砸了。看着我拿着他的试卷大惊失色的脸，王嘉瑞耸耸肩膀，对我说，不是你让我平常心，考出真实水平就可以了吗？

这不是你的真实水平呀！

这就是我的真实水平。

那也不应该是这样啊！

生气了对吧？翻脸真快，虚伪！

我儿子站起来，轻蔑地投来一瞥，不疾不徐地走进自己的房间，把房门关上了。

所谓的叛逆期就这样突然到来。此后，不管我问他什么，他都抿紧嘴，不吭声。每天放学后，他再也不做卷子、背单词、弹钢琴了。他常常带着猜疑的眼神，坐在课桌边发呆，他学习的热情变魔术般地消失了。现在，不是成绩不成绩的问题，王嘉瑞变成了另外一个孩子。他突然对甜食特别感兴趣：吃粽子要蘸上左一层右一层的白糖；冬天也喜欢吃冰激凌；以前那些奶油蛋糕根本碰都不碰，现在，他大口大口地吞吃，头也不抬。

一个多月时间，他长胖了十四斤。

他心理上明显出现了问题，好像一只受了伤的流浪猫，即使妈妈的爱无处不在，他仍然想通过其他途径寻找安慰。

但是，这时，我反而没有勇气带他去看医生了。

13

　　十五岁时,我和耀祖在不同的学校上高中。但他的学费是借来的,他妈妈把翻身的希望寄托在他身上。我们这一代受穷我们认了,孩子不上学就要下一辈子再受穷。邻居们也觉得耀祖妈妈比一般人更明事理。我们村里许多户都借过一些钱给她,我爸爸也借过。公平地说,那个时期耀祖表现得很勤奋。他在区里的学校寄宿,每周回来拿一次粮和咸菜。五十多里路,他全凭双脚步行,常常天黑透了才能到家。他进门的时候,左右邻居都会听到他妈妈欢快的声音响起来。他妈妈的欢乐在夜里被放大,会把卧在坡下的一条野狗惊醒。

　　承载翻身希望的少年耀祖性情上并没有多少变化。周末上午见到他,他呆呆地坐在门槛上,端着一本书。人们经过他的身边,他惊觉周围有响声,却要等到人们的背影渐行渐远、快要消失的时候,才抬起头。他迟钝,那时期似乎更迟钝,好像眉毛和眉心都打了结。他的面色很黄,眼睛里有一种昏暗的凝重感,这凝重感钳制了他的手脚。他的书也显得很重,但他的样子被认为是一个有前途的读书人应该有的样子。他妈妈竭力烹制有营养的东西喂养他。花生米炖得稀烂,里面放些红糖,据说补血;晒干的霉干菜泡开,煮得烂烂的,浇上一勺猪油,装在洗干净的罐头瓶里,他用网兜拎在手上去学校。他虽然拎着这些罐头瓶,但我们都知道他在挨饿。这就是实情。许多住校的学生都挨饿,都营养不良,他应该是最饿的,也是最营养不良的。

他的笑话不断传回来。据说他比别人落后太多:他不会打篮球,不会打乒乓球;班级演个话剧,让他演根木头,本以为他会胜任,结果他在台上瑟瑟发抖,导致主演们笑了场。吝啬,据说他被评为全校最吝啬的人,现在我们这个年纪很容易理解的一切,当时他的这个年纪却似乎完全不能够,他被嘲笑了很久。

他向家里隐瞒了这一切。为了避免撒谎,他什么也不说。回来的时候,我们站在门口向水里扔石子,他闷声不响,扔出去的石子划出决绝的弧线。

他用他的沉默展示着他的忍耐。他几乎不笑。那时我不能理解他怎么变成这样。他整天穿着那条不合身的裤子,有时还赤着脚,我经常看到他把鞋拿在手上,听说快到学校了才穿上。可是,有人回来反映说,他在学校也赤着脚,脚指甲里全是泥。他床上的被子是黑色的,这些也会遭到取笑。所有别人不能理解的事他们就笑,反正笑笑又不要钱。他那般怪异的样子最终导致他的朋友极度匮乏。

按理说,声名狼藉的耀祖应该很懂事。其实不。有一个周末,我也回来了,吃过晚饭做作业的时候听到他妈妈在大声地说话。

我哪里有钱买白球鞋?我做的鞋不比球鞋跟脚吗?

别人都有球鞋，为什么就我没有白球鞋？是耀祖的声音，他的音量时高时低，像一杯端不平的水摇摇晃晃，最后一个字是冲出来的，就像水杯最后被掼碎一样，洒了一地。

这件事的结果比耀祖妈妈想的更坏。耀祖出于羞怯不愿意站在高中的操场上做操，他不解释。三次之后，他被记了一过，但他一直没有解释。甚至连老师也猜出他不出操是因为球鞋的事，准备放过他了，可他就是不解释，他的态度使老师觉得受到冒犯，他最后又被记了一次大过。

高三的时候，许多同学周末都不回家了。要么父母给点菜金，要么家里人送菜到学校。但耀祖必须回来，一则回来拿咸菜，二则他必须周末回家帮忙做农活儿。

周六晚上，鸡鸭入笼，江水平息，一切都安静下来，我们听到耀祖妈妈的声音又响起来。

我哪里有钱给你买自行车？

不买不去上学。声音瓮声瓮气，显然，他的体内有愤怒的火苗在往外蹿，但是，这股愤怒的火苗在目测到母亲的目光时是有退缩和犹疑的。

怎么？我爸爸惊呼，这小子上个高中就学坏了？一瞬间，那个木讷的、甘愿服从的、一句完整的话都说不出来的耀祖似乎不见了。我爸爸似乎忘记了，他刚刚给我买过一辆自行车，还是在我还没有开口的情况下。

不去更好，反正你考上大学我也供不起。你爸病成这样，你正好回来挑大粪。

挑就挑。耀祖说完这句话之后，一只鸡下了蛋，"咯咯咯""咯咯咯""咯咯咯"，掩盖了耀祖的吸气声和他妈妈的反击声。

呀呀呀！我们家的大人小孩都把耳朵竖起来，听大逆不道的耀祖顶撞人。

第二天早上，我在门口刷牙的时候，看到耀祖家的鸡还没有放笼。耀祖妈妈似乎不在家。我跑到耀祖的窗底下，从碎了的玻璃窗往里看。耀祖躺在床上，头捂在被子里，没有动静。

到了十点来钟，我们看到耀祖起床了。他顶着凌乱的头发，嘟着嘴坐在门前。到了下午两三点的时候，他还没有动身去学校的样子。

耀祖，我先走了！

我骑上自行车，向他摆了一下手就动身了。我当时想，如果我们在同一所学校，我完全可以把自行车让给他骑。他带着我，到了学校附近再把我放下来，这样就没人知道了。

这个念头就这么一闪，没有降低我绝尘而去的速度。

下个星期我回来的时候，竟然看到一辆崭新的自行车摆在耀祖家门口。

我惊喜地"咦"了一声，我妈妈立刻给出了答案：

他妈妈上个星期卖血给他买的。你瞧瞧，她的脸白得跟纸一样，瞒不住谁！

我妈妈说完，大声地对着耀祖家的方向说，耀祖你一定要孝顺哦,你要比别人强,你可以自己争口气,还要帮你妈争口气,骑着高头大马回来把她接走享福。

没有人搭腔。

当年高考,耀祖落榜。我考上了一所师范院校。一切都在意料之中。

14

这是一个肉眼可见的分水岭。儿子的体重继续飙升,但成绩一路下滑,和成绩一起坏卜去的还有他的态度。明明是他爸爸做了缺德事,到头来他连我一起恨上了。他没有恶言恶语,但就是软抵抗。你让他写作业,他当没听见;你让他少吃点甜食,他当没听见;你让他出门跑个步,他仍然当没听见。他的体积有我两倍大了,我就算有打他的冲动,也不知道往哪里下手,才能让他有痛感。

考完雅思之后没多久,是中考。

我发现了一个奇怪的现象:当你有一个要参加中考的儿子的时候,你会发现围绕在你周围的全都是跟中考有关的人和事。这些人和事就像早就预备好的,从其他各个角落钻出来与你会合。

我轻而易举地打开了一扇看上去不起眼的奇特的大门,大门背后是无限的新鲜知识——加分项、特长生、招生班、留学中介、奥数班、一等奖,如此充满着诱惑力的东西,其中的任何一项后面都挤满了想攫取它的人,而我的儿子在这个队伍的最末端。不管冲在前端的人究竟能捞到什么已被证实的切实好处,光是末端这个位置就够让人沮丧和自卑。

王嘉瑞中考分数出来了,不出所料,惨不忍睹,等了半个多月,没有一所普通高中发来录取信。王辉再婚的消息到底传到我的耳边,老伤新痛,我的感觉糟透了。正当我觉得世界一片灰暗的时候,王嘉瑞的雅思成绩出来了:六分!远超我的预期,这也成了我最后一根稻草。

就我个人来讲,我非常希望孩子留在我身边。失去婚姻之后再失去孩子,恐怕后面的生活很艰难,所以没考虑让孩子留学。但是,王嘉瑞无学可上,只剩下拿得出手的雅思成绩。中考结束,孩子们、大人们都在谈论这个事,觉悟好的,已经提前在学高中的课本。每天都有更优秀孩子的传奇故事传来:某某的儿子进京参加奥数比赛,获得全国一等奖;谁的女儿竟然通过了《最强大脑》的初选;谁的孩子上了央视英语节目擂台……这些新闻从手机、邮箱、电话、老师和其他家长的口中源源不断地传来。人人疯魔一样想进好高中、好大学;人人都怕当底层人,怕扫大街,怕当快递员,又假惺惺地说劳动最光荣。

我心里明白,这往后我儿子将一直生活在不如别人的境地里,我必须得接受这个现实了。有一阵子,我说服儿子和我一起跑步,孩子艰难地跟在我身后,双腿发出摩擦的声响,使我无比心烦。我失眠很严重,有时走在户外,都觉得透不过气来。有一天,我们母子俩走在小区外面的人行道上,天不知不觉黑了,儿子被我落在身后,渐渐地,他的身躯模糊成一座小山。我停下来等他走近,他站在原地迟迟不动,我只好往回走,快到跟前的时候,我看到他的脸色阴沉,张大嘴巴直喘气。

跑不动了吗?再坚持一会儿。

他没有理我。我耐住性子,站在他身边,再给他一点时间。

突然,他口齿不清地说,陈逸进南外了。

什么?

你明明听见了。说完,儿子艰难地迈开腿,往前挪去。

南外意味着什么?南外在所有人心目中,意味着大好前程:不用参加国内高考,直接被国外的名校提前录取,然后进入到世界一流的大学去学习。到那个时候,就不是一份稳定的工作、一个脸面的问题,而是实实在在的大好前程摆在他面前……

一阵心酸涌上心头,一个声音突然在我脑子里回响:

快想办法,不然就晚了!

我突然生发了孤注一掷的决心,让孩子出国留学,让他摆脱这无边无际的压力,远离无处不在的同伴压力、升学压力。

这个念头像用手拨开了森林里茂密的枝杈,看到了远处炊烟袅袅升起一样令我兴奋不已。

我知道自己的经济能力没有达到这一步，可是这个念头就是驱赶不走，脑子里那个声音还在对我说，快想办法，不然就晚了。

一种莫名的悲壮感升起来。我隐隐明白，王嘉瑞才是我生活跌入谷底的根源，我不是光指经济方面，还包括精神的苦闷。从他上小学，我的生活方式就改变了；他上中学时，我的婚姻破灭了；现在，他中考结束了，失败的虚线变成了实影飘在眼前，一大片，无处躲闪。我知道，解决这烦恼，必须奋力一搏。

果然，我把这个想法告诉王辉时，他用一种"你一定疯了"的眼光打量了我一会儿，然后坚决表态说，他的第二个孩子即将出生，他才刚刚贷款买了一套两居室，根本无力承担任何费用。他让我"后果自负"。

他的态度在我意料之中，却也触怒了我，使我确定王嘉瑞需要摆脱这样的父亲和这样的环境。我甚至想象王嘉瑞成功之后，王辉对背叛家庭和儿子感到"后悔莫及"。八月份，我和一家中介机构签署了留学协议，委托他们把王嘉瑞送到英国去上夏令营。如我所料，王嘉瑞喜欢国外的环境和气氛。我趁机告诉他，如果你喜欢英国，就不要在国内上高中了。直接上英国的 A-Level 课程。

那得多少钱？王嘉瑞瞪大了眼睛。

钱的事你不要管。其余的什么事情你都不要管，念好你的书就行了。

不会吧,妈妈你彩票中奖了?孩子总算有心思跟我说说话了。他眼睛里闪着光,期待地盯着我。此前我们看过电视新闻:一个很有钱的爸爸为了教育自己的孩子装扮成穷人,直到孩子大学毕业才向他揭开谜底,孩子感动而泣。还有就是身世显赫的父母继承了不明遗产,就像我小时候常常做的白日梦。

保密! 我故意装出神秘莫测的样子,不正面回答他,我想,兴许这样一来,他能摆脱"什么都不如别人"的感觉,重新做人。

无论如何,王嘉瑞相信钱不是问题之后,他答应去英国。

王嘉瑞刚刚办好留学手续之时, 我则以迅雷不及掩耳之势卖掉了这套价格翻倍的学区房。我算准了,这笔钱够王嘉瑞读完高中和大学。如果王嘉瑞受到了好的教育,上了名校,将来到大城市发展,我在这里有没有房都不那么要紧。王嘉瑞的脚还没有踏上英国国土,我就从市中心的一品家园搬到了郊区的出租屋。

这个决定跟我当初要买这套学区房时一样坚决、果断。可以说,把儿子送到英国去上高中,是我的最后一搏。我每天都幻想他能脱胎换骨,一蹴而就,把不堪的家庭记忆甩到脑后,在新的环境里激发出深不可测的能量。不过,我也做好了更差的准备。类似的故事我也打听到许多。一个优异的中国留学生到了美国上高中,离开家长的监督和管束之后失去控制力,一年激增五十磅体重,同时成绩下滑到不合格要被学校除名的程度,盖因中国孩子习惯了严厉的填鸭式教育,而美国老师却不愿像赶牛马一样鞭策学生……

儿子离开之后,我有机会回顾自己近乎病态的好胜心,也经常觉得自己变得不像自己,但周围却没有任何人觉得我做错了。相反,有孩子的父母过来跟我打听,我收获了许多友谊和赞美。我相信自己给了别人一些错觉。他们想:连李连秋这种条件的人都有能力、有决心送孩子出国留学,我们还有什么理由不送呢? 他们甚至因此而觉得自己不如我有心机、有胆识。

如我自己所言,我孤注一掷,也做好了王嘉瑞一跃成为学霸或继续成为学渣的两手准备,却唯独没有想到第三种情况发生了:儿子在情感上一天天疏离我。出国前短暂的融洽相处之后,儿子变得更加冷漠。我有时候想和他视频聊聊天,无论我说什么,他总是"嗯""好""是",能少说几个字就少说几个字。我父母也联系不上他。我妈说,这孩子不会是白眼狼,站到他爸爸那边去了吧? 他妈妈算是把天上的星星都摘下来递到他手上了呀。

王嘉瑞比我想象的更忙也是真的,除了学科课程之外,学校会有非常多的活动提供给学生参加,比如马术、高尔夫、丛林探险、滑雪,等等。从他的英国监护人那里,我知道他爱上了踢足球,每周有三个下午都在球场。

那怎么行,他应该加强英文,他的英文……

可是运动更重要啊。那位未曾谋面过的台湾监护人完全不理解我的焦虑。我要求她帮我把足球课换成英文补习时,她在电话里笑着回敬我说,那是王嘉瑞自己的选择呀!

那么他的成绩……

不算差,还不错,很顺利。每次回答都这样,让我有一种把握不住什么的感觉,同时让我真正头疼的是每个月的费用。除了中介费、学费和学校各种杂费之外,我还要支付他的住家开出来的日常开销,包括王嘉瑞的足球课、运动服、聚会时分摊的饮料钱,这些费用远远超过我当初的预算。每当信箱里收到繁体字的问候,我的头皮就发麻。

有一次,我跟王嘉瑞视频,委婉地让他节约开销,不必要的钱尽量不要花。

我已经很节约了,就因为我花钱过于算计,其他人都不带我玩了。我们学校的中国同学,他们每个月的零花钱至少五百英镑。

中介证实了王嘉瑞的话。和他同时去留学的中国学生有五人,但是王嘉瑞几乎不跟他们其中的任何一人来往。

他们太有钱了,他们出去逛街,花钱眼睛都不眨,他们从头到脚,浑身都是名牌。

我听出王嘉瑞的声音里,既有羡慕也有委屈。

你不能跟他们比,如果不想占人家的便宜就离远点吧。

我正是这么做的。因为觉得我小气,其他人都不带我玩了。

不要自寻烦恼,你要跟你初中的同学、小学的同学比,他们有几个出国了?

我只能跟站在我身边的人比。

有什么好比的?

让我跟人比的是你们呀。他小声地嘀咕一声就不再说话。他并没有吼叫、争执,或者怄气。但这个程度,已足够让我们的谈话不欢而散。我本来期望,王嘉瑞得到了留学的机会,应该更珍惜、更感动、更幸福才是。但事实表明,他并没有摆脱同伴的压力,相反,同伴的压力不是减小,而是加大了。

他似乎正在一步步脱离我的掌控,并没有走向我期望的那个方向,因为距离,使我觉得他越来越捉摸不定。这是可怕的全新体验,倾其所有,却未能得到任何回报。我不想夸大经济上的拮据,我还没有沦落到捡菜场上的菜叶吃。不过,剩下我孑然一身的时候,窗外呼呼而过的车辆都在提醒我的落寞和失败,我未来的虚无和抗争的无效。

15

在我们各自去外地上高中之前,我和耀祖一直是最好的玩伴。

那时候我们的世界只有这个小岛。一条清澈却又深不见底的河流阻隔了我们与外部世界的联系。我们不能够触摸外面的世界,我们不知道知识、希望、爱情和永恒。我们只有鱼叉、鹅卵石、捉迷藏和捉弄一只不知谁家的看热闹的老猫。除了赛跑、打水仗,我们还做过家家的游戏。耀祖扮演坐在桌边陪来访亲戚的丈夫,我是那个勤快的妻子。一片碎瓦代表一只碗,一片树叶代表一个菜,泥巴团成球代表肉圆。而小林和小翠,则是游戏里被我们招待的亲戚。他们的责任是吸溜嘴,表示稀饭很烫嘴。

小林吸溜了两下停了下来,耀祖像大人一样客气地说,多吃点,别客气。来,夹块肉。

我也在旁边附和,再夹块鱼干。鱼干是一根折断的细枝条。

你们俩玩得这么好,长大了结婚吧。小翠说。

耀祖抬起眼,还在回味着这句话。小林,这个一贯胆小的跟屁虫,却迅速做出了反应。他轻蔑地看了耀祖一眼,像一个真正的长者那样训斥道,你家是草房,她家是大瓦房,她怎么会跟你结婚?

当时的耀祖脸上没有表情。从来都慢人一拍的耀祖需要更多的时间去消化外部世界的击打。在他的头转过去之后,我看到他的脖子根突然通红,他的脸颊抽搐了一下。在他不提防的时候,痛苦已经从他的脖子和脸颊展现出来。他什么都没说,但是我后来相信,他的童年伙伴朝他划了一道看不见也难以愈合的伤口。他始终什么也没有说。这是一贯的他,毫无攻击性,也毫无战斗力的他。

但我对他的痛苦置若罔闻,当时的我还没那份领悟力。他那傻乎乎的麻木助长了我的自以为是。长大后回想起来,我甚至觉得那一段生活是我一生最快乐的时光。我不缺吃穿,父亲不打母亲,唯一让我不开心的是我个头儿矮小,在课间各种游戏时总被人推来挡去。拔河游戏、捉小鸡、跳房子,我都因为不灵巧而成为累赘。被孤立的时候,我会四处张望,寻找耀祖。他一定会在不远处站着,就好像等着有脏水泼过来的时候挡到我前面。但我知道他其实不会那样做。远远看着我出丑,偶尔转移别人的视线,他能做的就这么多。

当然,我不能说自己对他就毫无用处。也有许多时候,我陪着他躲在黑夜里——他的父亲正在打他的母亲,他缩在墙角久久不敢进屋。

耀祖的爸爸用麻绳抽耀祖的妈妈。她抽泣着。耀祖的爸爸脾气特别火暴,习惯毫无理由地打老婆,只要他在外头受了委屈或者没有按时吃到晚饭。

你哥哥会帮她。我说。

他不敢。他帮过一回,也挨了拳头。耀祖的牙齿不整齐,还有点黄。那时我们已经有属于自己的牙刷,他还没有。他做什么事都慢我们一拍。我有书包的时候,他还只能把书用一块旧毛巾裹住搂在胸口去上学。他借我的橡皮擦和削笔刀,如果他去借别人的,只会得到训斥,没有人会心软。尽管只有十来岁,我们也知道谁可以欺负,谁不能得罪。他的人生似乎从那时起就已经被预置:一切都慢人一拍,一直在追赶别人。而他也很快适应了这一切:每天处于混乱、失望之中，接受被羞辱、被轻视、被遗忘的事实。但我喜欢这个软弱的人、迟钝的人、懦弱的人。我也对他知根知底；他也对我极有耐心，从来没有挑剔过我任何方面，即使在其他同学嘲笑我的时候，他也会坚定地、毫无悬念地选择站在我身边，虽然他所能做的就是直愣愣地旁观，看着别人对我质疑和嘲笑。他从来没有为我反抗过，如同我从来没指望他一样。不为什么，这就是他——比我渺小，比我更受歧视。我接受这样一个朋友，从他的身上可以获得安全感和优越感，他的存在可以抚慰我不时受到的小小的排挤和伤害。我当时不知道他的存在对我意义重大，直到我在外地上中学之后成了孤家寡人，在被嘲笑的时候根本无人帮着转移注意力的时候，我才发现自己十分想念耀祖。但此时我们已经长年没有见面，也没有任何迹象表明他会成为一个抢劫犯。

经过漫长的几十年，我突然明白，我如今虽然遭受了来自同伴的压力，但在很早很早之前，自己就已经是这种压力的施行者。在我不知不觉的时候，我的优越感以及我身边小伙伴的恶意，早就压住了耀祖。在他成长的路上，在他成人的路上，一直有这样的恶出现在他身边，颠覆他对生活的想象，磨灭他的天真和奢求，让他品尝到无法用语言表达的撕裂和痛楚，他由此被打磨成一个不自信、不反抗、诚惶诚恐的人。同伴们组成一把长剑，插进去，拔出来，因为没有红色的血，人人都以为自己没有犯错。

16

在王嘉瑞去英国一年多之后，我去了一趟英国。在飞机上，我仍旧不死心，幻想着离开中国成功改变了他，并在脑中勾画出一个乐观上进、充满感激和爱意的儿子，他魔术般地变得振奋和积极……在希思罗机场，我见到的王嘉瑞是一个几近陌生的青年。他留着长长的头发，眼睛开始略略有些近视，佩戴了一副眼镜。他长成了我认为应该的体型，但看上去很瘦。我知道他瘦了，但不知道竟然瘦成了这样，简直判若两人。或许是身材发生了巨变，他的面容也发生了巨变。此刻是伦敦凌晨两点，加上陌生的建筑和面孔，我疲倦而僵硬地看着他，我们之间有一种跟过去不同的生分。我如此思念他，但此刻竟然不知道怎么样表达才好。他只是朝我笑了一笑，拎起行李箱就往出口走。

就是那次见面，我从他身上看到了一种不同的风度，令我暗暗惊异。

他像个大人一样带我认识他的监护人，带我去他的学校参观。在明亮而漫长的黄昏，他在路边的咖啡店买了一杯咖啡让我尝尝。清晨的时候，我们坐在敞亮的巴士上层去看大本钟。他沿途指指点点，把觉得有趣的地方介绍给我。我们迷路的时候，他没有因我的焦躁和惶恐而难为情，反而气定神闲，步伐坦然从容。从他的举手投足，我看到了一个孩子经过一年的神秘旅程，到达了少年世界。

这个眼花缭乱的陌生世界，令我想起坐在我家沙发上手足无措的耀祖，我此刻就跟他当年一模一样啊。我一阵心酸，但这回，我什么也没有说。

比起学习，王嘉瑞的全部兴趣和热情其实在踢球上，这也是他一年多来迅速瘦下来的原因。他邀请我去看他的训练。他起步晚，动作不是很规范，但很有热情，用英语和教练沟通。我实在忍不住又问了他申请大学的情况、他的学分，以及他将来的打算。

还没有想好，有名的学校肯定考不上，毕竟咱成绩一般嘛。

知道一般，是不是因为你的心思都在踢球上？

是的，妈妈，踢球让我快乐。

他竟然说出了"快乐"这个词。

快乐以后会有的。

现在没有，以后怎么会有？

可是现在不努力……

他快速打断我。最多就是普通人，普通人也有自己的快乐。你们自己也是普通人，可总是歧视普通人。

但是，我希望你过上好的生活。

好的生活有许多不同的定义。

受异域影响的教养显现出来，他的声音很平静，但明明白白表露出对规则和母亲意愿的漠视。他的神情像是在说,你的人生没有什么成功之处,就不要灌输什么宝贵的经验了。

他赢了。我不想和他争执,我不忍心他输。但是,再往下了解,我认为,踢球,不过是他用来回避无法与人交往的尴尬。换句话说,如果他在中国是被边缘化的,在这里,他仍然是被边缘化的。他没挤进富二代的行列,也没挤进学霸的行列,我们眼里的学渣们也瞧不上他。用他的话说,他不够酷,没资本。他说这些的时候,声音很平静,但是,我却听出点责备之意。我清了一下嗓子。就算我明白他是在抱怨家境不好,我也只能眼睁睁看着了。

有一天,我帮他收拾宿舍,无意中翻到了一个笔记本,这个笔记本是出国的时候,他的初中同学赠送给他的。我随便一翻开,里面赫然写着:

> 我爸爸是个浑蛋,可是我时常想念这个浑蛋。
>
> 我妈妈不肯接受我是一个普通人的现实,她希望我成为一个她认为必须成为的人。
>
> 不要给自己制造牢笼。
>
> 不要沿着别人的错误继续前进。
>
> 体验,体验,体验生活!

我被吓得一激灵,好像闯进了陌生的房间,赶紧合上笔记本,不敢再往下看。

英国之行,带给我两种截然不同的心情。孩子健康,有教养,有思想,他比我想象的更成熟,也更复杂,笔记本里有他自我挣扎的痕迹,表明他正在成长,这一点让我安心,但同时又觉得哪里不对劲。他对成绩、对前途表现出来的无动于衷很不合适。他应该像我身边一切面临高考的孩子一样紧迫、焦虑、心无旁骛,这才是一个学生应有的状态。

出于一种矛盾的心理,我给他发了一条微信。我告诉他卖掉了房子的事,或许他会像当初发现我和他爸爸离婚一样,一次压力诱发一次反弹。

没想到,他只是回了一段话:

我早就知道了,爸爸说你疯了。

他没有表示愧疚,也没有表示感恩。他表现得过分冷静而漠然。换句话说,我这样的牺牲他笑纳了,也并不准备回报——我要求的回报无非是希望他一跃而起,加倍奋斗。他没有,崩溃的是我。我被某种观念控制住,牵着走,但我没有带动任何人。他甚至都没有说,妈,你在用爱和牺牲绑架我。他没说。他接受爱和奉献,但也没有被绑架。他只顾着寻找他自己。

当初留学中介广告上可说了:英国是培养绅士的国家。你送给我一个少年,我还你一个绅士。可是,王嘉瑞的不客气、不亲近、不买账使我震惊不已。他按照他自己的意志在成长。我当了十八年妈妈,还是不知道怎么当妈妈,甚至不知道怎么当自己。

眼下,我们的关系如此冷淡,比陌生人好不到哪里去。

17

我以为耀祖会坚持下来,他的母亲会坚持下来。但是,他落到了坐牢的下场。他被判得很重,十五年。大家都瞒着他妈妈,说只判了三年。他们估摸着三年之后,耀祖妈妈差不多也不在人世了,但她至少可以怀揣一个儿子能够重获自由的念想。

我的儿子犯了错,耀祖妈妈坐在门槛上声嘶力竭地哭喊,都是为了我呀,都是因为去年他向我保证要开辆车回来呀!

一辆旧车要判十五年?我再三在微信里跟提供消息的人核实,真的吗?有没有弄错?搞错了对不对?

并没有。

他的供词特别可笑,不像真的。他不知道自己是抢劫。他说他知道这家人有四辆车,这辆车是最旧的,最用不着的,平常都不怎么开,而且这家人出国度假去了,过完年才回来。他跟他们熟悉着呢,他一定会在他们回来之前把这辆车还回去。他这么盘算着,甚至还准备加满油,放两包香烟在车上。他的供词像在说梦话。但是疫情改变了预想,主人提前回来了,还报了警。更糟的是,这辆车里放有女主人的钻石戒指,现在它不见了。他说没见着,甚至不知道有这东西的存在。

听说他在法庭上一言不发,像是认罪,又像是事不关己,无动于衷。倒是他的大哥,放下手里的活儿去旁听,听到十五年的刑期,当场哭了起来,一个劲地喊,不公平! 不公平!

有什么不公平呢?到底是什么不公平呢?是指判决还是说生活?

我仿佛看到他被铐起的双手并在一起,在被押走的时候步履蹒跚,但努力跟押送他的人保持一致。他一贯怕麻烦别人。他是个老实人。他是个好人。到这时,我仍然这么认为。他到现在也许还不明白:他想从那辆车、从那个城市得到的东西,一直以来都不过是存在于他脑海里的缥缈的幻想。

就在他被判决的时候,小林的生活也遭遇了很大的变故,因为经常没日没夜地赚钱,装货卸货、开网店、炒房,小林的心脏出了问题,差点没救过来。

而我呢,四十多岁了,连一套住房都没有。房价在我卖掉房之后又翻了一倍,如果不是当初失心疯的决定,现在我至少有一套价值数百万元的房子。而我每个月的收入不要说重新买房,连负担儿子一个月的伙食费都很勉强。如果耀祖知道这些,他心里是不是会平衡一些? 他会不会放弃铤而走险,不再偷什么劳什子破奔驰车回家显摆,仅仅是为了让妈妈高兴一下？

18

因为犯罪和疫情，耀祖和我儿子，我都一年多没有见到了。我浑浑噩噩地工作，每天戴着口罩，但心里并不害怕死。这是我人生中最失落、最迷茫的时期，某些东西在我心里粉碎了。我感到孤立无援，一无所有。临近过年的时候，我妈妈打来电话。听着妈妈的唉声叹气，我知道她没有怪我疏于关心她和我爸，而且完全能理解我正在遭受的一切，恨不得替我分担。挂掉电话，突然吹来一阵风，窗帘被吹起一角。窗外下起无声的小雨，雨水混杂着灰尘的味道飘进来。我辗转难眠，实在忍不住拨通了儿子的微信语音电话。很意外，他接了。听到他喊了一声"妈妈"，我立刻放声大哭。我不停地哭啊哭啊，好像要把我心底里所有的眼泪都哭出来。

妈妈是不是错了？我应该怎么办？我哽咽地问儿子。

妈妈，那个少年在电话里问，发生了什么事？

耀祖因为抢劫被抓进去，判了十五年。

耀祖舅舅？那个成天被人笑话的耀祖？

是他。

妈妈，你是不是想对我说，他是因为没好好读书，没有学历，所以只能卖鱼，还被人骗？

不，我喃喃地说，事情哪有这么简单。但他不应该去抢劫啊,他妈妈怎么能承受啊,她对耀祖有那么多的期待！说到激动处,我的声音有点变形。

就是因为你们的期待,他都不敢大大方方的穷。他去抢劫,不是因为他穷到无法生存,而是他以为他的这种穷是耻辱的,是见不得人的,是需要藏起来的。他明明可以大大方方的穷。

是别人容不下他的穷,他才成了一个罪人。妈妈只是希望你能避免这样的遭遇,不让别人给你难堪。

妈妈,如果你不允许别人让你难堪,他们就给不了你难堪。他说得很认真,像是为这句话思考了很久。

你觉得是这样的吗？我喃喃地说,我很虚弱,无力反驳。

你试着换个角度想一想。还有,妈妈,我知道你爱我,但是,你一定要先爱你自己。

但愿我会,我在心里说,可是我所有的力气都已经拿去爱你了。如果我只爱自己,你现在就得滚回来,我的钱还够在郊区买一个安身之处。我当然没有把这些说出口。

雨在天亮的时候停了。窗外是被浓重的雾气覆盖的楼房,一切都湿漉漉的,里里外外。那个时候我突然想起从前,想起我第一次去上学的那个清晨,想起我蜜月旅行的那个旅馆,想起小时候的那条河,想起我和耀祖过家家时装模作样的待客姿势, 以及捕风捉影时的无端笑声……这些已经离开太久了。现在,时间似乎变慢了,大地似乎变得沉重了。